PROLOGU.

UN FORT vent du nord-est faisait trembler l̲ ̲ ̲ ̲ ̲ ̲ ̲ ̲ ̲ ̲ ̲ ̲ ̲ ̲ ̲ ̲ ̲ ̲ ̲ renetres d'une ferme déserte de l'ouest du Michigan Le bâtiment n'était pas vieux, mesuré en années, mais il n'avait jamais été peint ni réparé, et sa façade en bois, prématurément recouverte de taches du temps, semblait avoir supporté l'usure des siècles. Les fenêtres, comme des yeux sans paupières, regardaient d'un air absent les champs de chaume plats et les quelques arbres fusiformes, triste excuse pour un verger. Il y avait beaucoup de bardeaux sur le toit pour permettre aux gouttes de pluie curieuses de se suivre à travers les chevrons, et de là jusqu'au sol de la pièce du dessous, où l'obscurité sortait des coins pour prendre possession.

La maison avait été récemment libérée, car il y avait encore une « dalle » qui couvait sur l'âtre de la grande cheminée de la cuisine extérieure, et quelque chose qui avait l'air presque humain, enveloppé dans une couverture en lambeaux, gisait beaucoup trop près d'elle pour être en sécurité. . Une rafale de vent amicale descendit de la cheminée, ramenant la fumée et entraînant une légère toux du paquet. Encore une rafale et une nouvelle toux, puis un éternuement qui ouvrit la couette, laissant apparaître une petite fille mal vêtue de six ou sept ans.

Elle regarda autour d'elle avec des yeux bleus somnolents jusqu'à ce que la terreur de l'obscurité lui fasse remettre la couette en lambeaux sur sa tête, et s'accroupissant plus près de la bûche fumante , elle essaya de se réchauffer les doigts et les orteils. Plus de vent dans la cheminée produisait plus de fumée et faisait tousser l'enfant hors de la cheminée. Elle était bien réveillée maintenant et écoutait. Il y avait effectivement des bruits, mais aucun ne pouvait être associé à un être vivant dans la maison. Elle contourna les murs jusqu'à l'endroit où se trouvait la bougie, mais elle avait disparu. Il n'y avait aucun meuble sur lequel trébucher, et lorsqu'elle arriva du côté du mur de la pièce intérieure d'où montait l'escalier, elle le monta sur ses mains et ses genoux, tremblante, en partie de froid, en partie de peur au bruit. faite par le battement de la semelle d'une de ses vieilles chaussures. Il manquait une marche au tournant de l'escalier, mais l'enfant savait où était la place libre, et se hissant par-dessus, elle atteignit le palier, tâta les murs et fit le tour des trois petites pièces de l'escalier. même mode. Ils étaient entièrement vides.

Avec précaution, la jeune fille descendit les escaliers brisés et retourna à son ancienne place près de la dalle fumante, où elle se recroquevilla dans la vieille couverture, comme dans les bras d'une mère, et parla à haute voix, bien qu'il n'y ait personne pour l'écouter sauf le vent bruyant. :

"De toute façon, elle ne sera plus là pour me lécher !" Cette pensée semblait compenser l'obscurité et la solitude. Les voix du vent et de la pluie étaient apparemment plus douces que les tons humains auxquels elle était habituée, et apaisée par leur berceuse orageuse, la petite bonne s'endormit.

Le lendemain matin, le soleil pénétrait librement dans la maison abandonnée, asséchant les sols humides et transformant en or la mèche de cheveux jaunes qui sortait d'un trou dans la vieille couverture. Bientôt, la petite fille secoua la couverture et se leva pour bâiller et s'étirer hors de la raideur d'une nuit passée sur le sol dur. Elle n'était pas une jolie enfant, à moins que des cheveux blonds naturellement bouclés, qui seraient plus clairs une fois lavés, ne puissent la rendre jolie. Les jambes longues et fines qui descendaient sous sa robe déchirée la rendaient trop grande pour son âge, et ce qui aurait pu être une bouche passable fut gâché par le départ de deux des dents de lait de devant et l'arrivée tardive du contingent ultérieur.

Une partie de la journée, l'enfant semblait satisfaite de sa liberté retrouvée. Ayant découvert une ou deux croûtes rassis dans un placard, elle n'en voulait plus, car son régime n'avait jamais été luxueux. Dans tous les coins de la maison , elle insérait son petit nez couvert de taches de rousseur, sortant des étagères toutes sortes de bric-à-brac qui avaient été laissés comme sans valeur au vol.

Il y avait un vieux chapeau de paille avec une paire de ficelles sales, et avec cela la demoiselle choisit d'orner la tête ébouriffée, ce qui ne témoignait qu'une légère connaissance du peigne ou de la brosse. Elle ne parvenait pas à trouver de vêtements féminins pour plaire à son envie, mais il y avait une veste de garçon, aux coudes et en lambeaux sur les bords, qu'elle enfilait fièrement, et comme touche finale, elle relevait ses longues jambes fines, ses vieilles chaussures et tout, dans une paire de bottes d'homme usées qui lui arrivaient jusqu'aux genoux.

"J'aurais juste aimé que Mawm Mason ait laissé une lunette derrière elle , pour que je puisse voir à quoi je ressemble. Mon Dieu ! ne me frapperait-elle pas si elle me voyait avec ce bonnet ! " L'enfant sourit largement tandis qu'elle poursuivait son adresse confidentielle aux autres objets sans valeur laissés derrière elle. " J'apaise Je savais qu'elle n'avait pas prévenu ma propre mère, et je suis contente que Pete et Matty ne soient pas non plus mon propre frère ni ma sœur. J'aimerais qu'il me voie dans sa veste !"

Elle passa le manteau sur sa petite poitrine étroite jusqu'à l'endroit où il se joignait à l'époque où il y avait des boutons, et marcha de long en large dans la pièce en faisant le plus de bruit possible avec ses grosses bottes.

Cette perte de temps était très bien pendant que la lumière du jour durait et que le soleil réchauffait l'air glacial de novembre, mais lorsque l'obscurité commença à s'imposer une fois de plus, le petit orphelin ne se sentit pas aussi content.

"Ça ne sert à rien d' aller chez Mis' Morgan. Elle ne veut plus de moi, pas plus que Mis' Mason. Je suppose que je vais dormir à l'étage ce soir avec certaines de ces choses sur moi. Je vais sois au chaud quand même."

Au milieu de la chambre de devant , elle a entassé tous les *débris* et s'est glissée en dessous. Un tas fantastique semblait-il à la lune lorsqu'il regardait à l'intérieur après que la pluie s'était arrêtée, la tête d'enfant reposant sur le couvercle d'une vieille boîte à musique [xiv / d'un côté et une paire de bottes d'homme dépassant de l'autre.

Le lendemain, le dernier morceau de pain était fini, et les deux pommes de terre ramassées dans la cour se révélèrent improductives sans l'influence adoucissante du feu, il n'y avait donc rien d'autre que celles de Mme Morgan. Après le coucher du soleil, alors que la température en baisse rapide et l'épais banc de nuages à l'ouest annonçaient une tempête de neige, la petite fille, portant toujours le vieux bonnet, la veste de garçon et les bottes d'homme, quitta la seule maison dont elle se souvenait. et se dirigea lentement à travers les champs durs et les clôtures de serpents jusqu'à la ferme suivante.

Mme Morgan arrivait en courant de la grange avec un châle sur la tête.

"Bon sang, vivant ! Mary Mason ! Je vous connaissais à peine . Qu'est-ce que vous faisiez ? Je pensais que vous étiez l'un de ces épouvantails sortis du blé d'automne. Mis' Mason a déménagé en Californie il y a trois jours. Ne vous a-t-elle pas emmené avec elle?"

"Non, maman ."

" Alors , apparemment. Wal, elle n'avait aucun appel, je suppose . Tu n'es aucun d'elle. "

À ce moment -là, ils étaient dans la cuisine de la ferme, Mme Morgan se frottant les mains au-dessus du poêle, et Mary Mason s'aventurait également à proximité, étendant ses bras maigres à la chaleur, car la veste adoptée avait des manches un peu courtes.

"Quelle est cette marque sur ton poignet ?"

« Bleu… mais ça ne fait plus mal maintenant.

"Qui a fait ça ?"

"Ma—Mis' Mason. J'ai bien pire que ça sur moi", dit la petite fille avec une certaine vanité.

" Voilà, maintenant ! Je savais par plaisanterie que Mis' Mason était une affaire difficile, même si mon homme n'en entendrait jamais *parler*. Qu'allez-vous faire maintenant ? "

"Je ne sais pas ." L'accent impliquait que ce n'était qu'une question de peu d'importance.

"Je ne suppose pas que nous puissions vous expulser ce soir. Il y a de la place dans le grenier pour que vous dormiez, mais ne vous approchez pas d'un des lits de mes filles avec cette tête . "

En tant qu'hôtesse, Mme Morgan représentait une légère amélioration par rapport à Mme Mason. Elle n'apportait jamais de bâton ou de sangle à l'enfant trouvé, et si elle lui donnait de temps en temps un bracelet à l'oreille, celui-ci n'était jamais assez fort pour faire tomber la fille. Mais les enfants Morgan ont intimidé Mary Mason, le père Morgan a grogné contre une bouche supplémentaire à nourrir, et quand elle était restée environ un mois dans la maison, la maîtresse lui a dit qu'elle devait partir.

"Il y a une vieille robe d'Ellie que tu peux avoir, une paire de vieilles bottes de Sue et la vieille casquette de Tom."

"Où dois-je aller, maman ?"

"Vous vous moquez d'aller d'une ferme à l'autre, jusqu'à ce que vous trouviez un endroit où ils vous garderont tout l'hiver. Noël approche et les gens ne seront pas durs avec vous. Dites- leur que vous n'avez pas non plus gens."

La petite pèlerine désespérée reprit sa marche sur la route enneigée.

CHAPITRE I.

M FEMME est théosophe. Ce fait peut expliquer ses nombreuses excentricités ou n'en être qu'une. J'incline à cette dernière opinion, car elle préférait les invaincus aux sentiers battus, tant dans la marche que dans la conversation, bien avant que le bouddhisme moderne ne soit jamais entendu parler dans la petite ville occidentale dont j'ai l'honneur de publier le principal journal (le plus grand tirage du Michigan). être éditeur et propriétaire.

La façon dont une plante de serre telle que la Théosophie a pu prendre racine dans les marécages et les sables de l'État de Wolverine peut sembler surprenante au premier abord, mais laissons le second reposer sur notre environnement : l'absence de montagne ou de rivière au courant rapide, la présence de fièvre, de fièvre et de forêts de pins à moitié brûlées - et on verra que cette tradition orientale avec son embarras de symboles fournit un besoin ressenti depuis longtemps à une imagination affamée. Nous, les Occidentaux, sommes toujours au-delà de notre portée, avons l'intelligence et la perception, mais manquons de la culture nécessaire à la discrimination, et c'est pourquoi les âmes romantiques parmi nous qui s'élèvent au-dessus du matérialisme rampant de la majorité vont à l'autre extrême et saluent avec enthousiasme. la nouvelle et ancienne religion.

"Il vaut mieux croire trop que pas assez, mais vous, les théosophes, avalez énormément de choses", dis-je à Belle lorsqu'elle essaie de me convertir.

Je sais bien que beaucoup de mes concitoyens me considèrent comme un sujet de commisération parce que j'ai vécu vingt ans avec une colocataire aussi erratique, car je n'ai pas jugé nécessaire de leur expliquer que sans l'impulsion de son animatrice Dans cet esprit, sans l'élément de surprise constamment apporté par l'amour de la variété de ma femme, la vie quotidienne, et donc le quotidien, de leur rédacteur préféré participerait de cette platitude qui est la caractéristique prédominante de cette partie occidentale de l'État du Michigan.

Nos quatre fils et nos deux filles profitent pleinement de leur mère autant que moi, car n'est-elle pas la romancière la plus fascinante qu'ils aient jamais connue ? Maintenant qu'ils sont tous en âge d'aller à l'école et de se débrouiller seuls, à la manière des jeunes Américains indépendants, ils n'exigent d'elle que de la sympathie, car leur grand-mère leur coud des boutons. Grand-mère ! — Oui, c'est là le problème.

Je n'hésite pas à admettre que je suis écossais de naissance. Ma mère a quitté son pays natal pour s'installer chez nous bien trop tard dans sa vie pour permettre aux idées occidentales concernant l'observance du sabbat, l'éducation des enfants ou le degré de respect dû à l'opinion des aînés, de s'incruster dans les préjugés écossais à ce sujet. importe.

Mme Gemmell Senior a cependant la particularité nationale de juger « le sang plus épais que l'eau », et quelles que soient ses convictions concernant les méthodes de Mme Gemmell Junior, elle en restreint l'expression à notre cercle familial - en fait, je pourrais-je me dire. Elle me saisit généralement lorsque je m'allonge à mon aise sur le salon usé de notre salon, plus correctement surnommé la « crèche », car c'est Liberty Hall pour les jeunes. Deux pièces ont été regroupées en une seule pour accueillir leurs maisons de poupées, leurs étagères, leurs jouets et leurs machines à imprimer. Belle a fait arracher tout le côté de la maison pour construire une cheminée à foyer ouvert, exprès pour brûler des dalles sur lesquelles les enfants rôtissent du pop-corn à leur guise.

"Un corps penserait", a dit ma mère une nuit froide, il y a cinq ou six ans, alors que j'étais allongé sur le canapé, essayant d'envoyer ma lassitude en fumée, "Un corps penserait qu'il n'y a rien eu de précieux. " Wark dune dans le toon ava, jusqu'à ce que les théossiphies s'y mettent . Si votre prévôt et vos baillis regarde Après les choses comme elles sont , il y aurait une danse Puirs - maison pour les gens indignés , et une fois des leddies stupides comme Eesabel je n'ai pas besoin d'un gang qui ' speirin ' chez vos infeedels pour leur argent tu vas construire un tas de déchets.

"Il y a un hospice du comté, mère, mais il ne se trouve pas dans cette ville, et ils n'y accueilleront personne qui n'est pas un résident du comté depuis un certain temps."

" Aweel ! il y a plein d'églises, même si vous n'obscurcissez jamais la porte . Est-ce qu'ils ne leuk pas après leur malheur puir gens?"

"Oui, mais après personne d'autre. Cette Maison de Refuge se veut non sectaire, non religieuse, humanitaire, dans le sens le plus large du terme. Ah ! Voilà Belle maintenant," et je poussai un soupir de soulagement en entendant la clé de ma femme dans la porte d'entrée.

Elle entra avec une brise extérieure, son visage sombre brillant sous le vent hivernal, des flocons de neige fraîchement tombés reposant comme des diamants sur ses cheveux prématurément blancs, et ses yeux bruns pétillants de l'animation de vingt étés plutôt que de quarante. -deux.

"Les enfants sont tous couchés ? C'est vrai ! N'y allez pas, maman ! Je suis sûr que vous aimerez entendre parler de la Maison du Refuge. Nous l'avons enfin réparé ! Ces vieux bûcherons riches qui ne veulent pas donner un centime à une église, ou à tout organisme de bienfaisance qui lui est lié, sont allés jusqu'au fond de leurs poches cette fois-ci. Imaginez Peter Wood, Dave

– cinq cents dollars ! Et Jeff Henderson, cinq cents. J'ai la liste dans mon sac. Vous aimeriez le voir ? »

"Non, ce n'est pas le cas , alors merci", dit ma mère avec raideur, mais j'ajoutai :

"Donnez-le-moi et je le mettrai dans l' *Echo de demain* . C'est ce qu'ils veulent."

"Rien de tout cela, vieux cynique ! Je ne t'en dirai rien de plus." Mais elle continuait néanmoins : « Nous avons pris la vieille maison Laurence, au coin de Garfield Avenue et de Pine Street, et elle doit être aménagée pour accueillir toute sorte de réfugiés.

"Indépendamment de la race, de la croyance, du sexe ou de la couleur", murmurai-je entre parenthèses.

"Personne ne doit jamais être refoulé de la porte sans un bon repas, et il doit y avoir un escalier extérieur arrière érigé, qu'un vagabond peut monter à toute heure de la nuit et trouver un joli lit propre qui l'attend... enfermé à l'écart du reste de la maison, bien sûr. »

"Oh pourquoi?" Ai-je innocemment demandé. « Vous avez sûrement assez confiance en votre frère pour croire qu'il ne commettrait aucun manquement à l'hospitalité ?

" *Oui* ," répondit Belle, serrant davantage ma forme allongée contre le dossier du canapé sur lequel elle s'était assise. "Mais rappelez-vous que nous ne sommes pas tous des théosophes au sein du Conseil."

Selon les mots du témoin historique contre Mme Muldoon : « C'est ainsi que la querelle a commencé ! » Belle fut élue trésorière de la Maison du Refuge, mais comme elle ne connaît rien aux chiffres, j'ai dû tenir les livres de cette institution unique, et j'ai donc pu me faire une idée pratique de son fonctionnement.

Je ne tenterai pas de décrire les nombreux « cas » dans lesquels mes conseils, sinon mon portefeuille, ont été librement puisés, mais je les laisserai, ainsi que la description des nombreuses modes antérieures de ma moitié bien-aimée, à quelque historien. de vent plus long, et je me contenterai de raconter le « cas » particulier – et les attachements – qui ont le plus affecté notre vie de famille et notre bonheur.

"C'est ce que j'appelle un confort solide", me dit Belle un soir de septembre, alors que nous étions assis dans le salon dans deux fauteuils profonds et élastiques, devant un immense feu de cheminée, qui serait banni par l'éclairage de la cheminée. fourneau. "Les enfants sont de nouveau tous à l'école, ta mère est partie pour une longue visite et plein de nouveaux livres sur la table."

J'ai levé les yeux sur l'un des nouveaux livres mentionnés ci-dessus.

"Attendez ! Les affaires de la saison n'ont pas encore commencé au Refuge."

"Mais tout est en bon état. Nous avons reçu suffisamment de dons de produits d'épicerie et de légumes pour nous permettre de tenir presque tout l'hiver. Nous avons beaucoup de bois pour la fournaise, et Mack et Hardy nous en ont donné d'occasion. des meubles et... »

La sonnette électrique lança une longue sommation impérative.

"Qui cela peut-il être, Dave, à cette heure de la nuit ? Aucun des garçons n'est en lock-out ?"

"Non, ils se sont tous couchés il y a quelque temps."

Belle se leva et se dirigea vers la porte. J'ai tiré le rangement du dossier de ma chaise au-dessus de ma tête chauve pour me protéger des courants d'air, mais cela ne m'a pas empêché d'entendre ce qui se passait.

"Etes-vous Mme Gemmell ?" » Cela vient d'une voix féminine, essoufflée d'excitation.

"Je suis."

« Alors vous êtes l'un des administrateurs de la Maison du Refuge ? haleta une autre oratrice féminine.

"Oui. Tu n'entres pas ?"

"Non, merci. Nous venons justement vous parler de cette jeune fille qui a couru vers nous pour nous protéger."

"Nous sommes des professeurs d'école, maman ."

"Elle est dans ma classe, et elle n'a pas d'amie en ville et ne savait nulle part où aller."

S'en suivirent quelques murmures hystériques qui éveillèrent tellement ma curiosité que je me dirigeai vers la porte et jetai un coup d'œil par-dessus l'épaule de ma grande femme. Les deux jeunes femmes simples et sérieuses étaient visiblement très affligées, mais entre elles se trouvait une jeune fille blonde de quinze ou seize ans, la moins perturbée du groupe. Les trois femmes plus âgées parlaient peut-être dans une langue étrangère ou de quelqu'un d'autre, tant elle paraissait indifférente, le danger présent étant écarté.

"Comment s'est-elle retrouvée avec ces gens ?" demandait Belle alors que je m'avançais.

"La femme de cet homme brutal nous a dit qu'elle était nourrice à la Ferguson Family Concert Company, mais ils l'ont déposée ici à Lake City sans un ami ni un centime."

"Elle l'a accueillie pour l'aider à vendre des fruits et des glaces le soir, et elle l'a laissée aller à l'école toute la journée."

A ce moment, le sujet en discussion éclata d'un sourire radieux, montrant toutes ses belles dents. Sa joue était fossette et rouge, et ses yeux bleus, pleins de plaisir, regardaient droit dans les miens. Je pris soudain conscience que j'avais oublié de retirer le rangement et me retirai confus, mais j'entendis la conclusion de Belle de l'interview :

"Attendez juste une seconde jusqu'à ce que je vous donne un coup de fil à la matrone de la Maison du Refuge. Vous pouvez laisser la fille là jusqu'à ce que nous voyons ce qui peut être fait pour elle. Elle sera parfaitement en sécurité et ferait mieux de continuer à y aller. l'école comme d'habitude."

Une semaine plus tard, j'ai demandé à ma femme ce qu'était devenue sa dernière *protégée* .

"Tu veux dire Mary Mason ? Elle est encore au refuge, elle va à l'école, et nous avons installé le glacier de cet homme."

"Comment?"

"Je l'ai boycotté. Nous ne pouvons pas l'atteindre autrement."

"C'est plutôt dur pour sa femme, qui semble être une sorte de fête décente."

"Les innocents semblent souvent souffrir avec et pour les coupables, mais si vous compreniez la loi du Karma , vous sauriez que tout le mal qui nous arrive est en réalité le résultat de nos propres actes répréhensibles dans une incarnation précédente. Mary Mason elle-même est un exemple."

"Quel est le problème avec elle?"

"Pauvre fille ! Elle a été renversée de pilier en poste tous ses jours. Elle n'a aucune idée de qui sont ses parents, et il n'y a aucune créature au monde sur laquelle elle puisse prétendre. Elle a dû s'égarer très loin la dernière fois . *Il était temps* d'être mis au monde avec de tels désavantages.

"Il me semble qu'elle a de nombreux avantages : de beaux yeux bleus, de belles dents, une couleur dorée à la mode et le plus joli teint que j'ai vu depuis bien des jours."

"Ne provoquez pas, Dave ! La pauvre petite chose porte déjà les marques de certains de ses coups. La famille Ferguson a été la première à la traiter décemment, ou à lui verser un salaire."

"Pourquoi l'ont-ils laissé tomber ?"

"Un membre de notre comité a pris l'initiative de leur écrire et de leur demander. Ils ont répondu que la jeune fille avait un très bon caractère, pour autant qu'ils le sachent, mais qu'elle était tombée si ridiculement amoureuse de Frank Ferguson, leur fils aîné, qu'elle était tombée amoureuse de Frank Ferguson, leur fils aîné. se faisant une nuisance, et ils ont donc dû la laisser partir."

J'ai ri.

"Il y a généralement deux côtés à ce genre d'histoire."

"Demain, lors de la réunion du conseil d'administration, il faudra décider ce qu'on va faire d'elle, car elle dit qu'elle ne veut plus aller à l'école. Elle n'a jamais eu beaucoup de chance auparavant d'apprendre quoi que ce soit, et elle est dans une classe avec des petits bouts de filles, et elle n'aime pas ça — elle dit qu'elle préfère aller travailler pour gagner sa propre vie."

Belle est revenue de cette réunion avec le visage enflammé d'une juste colère. Ses mains tremblaient tellement au-dessus des tasses de thé lors de notre repas du soir que même Watty, seize ans , notre fils aîné, l'a remarqué.

"Qu'est-ce qu'il y a avec *maman* ? Son chariot est éteint."

Je savais qu'il y avait du mal dans le vent, alors je me fortifiai avec un bon souper et lisai mon journal en même temps, pour me laisser libre pour ce qui allait suivre. Les enfants étudient leurs leçons au fond de la crèche, et je renonçai donc à prendre ma position habituelle sur le canapé, mais me retirai dans le salon avec ma pipe.

Bientôt, ma femme me suivit, marchant presque sur les meubles dans son excitation.

"Vas-y, Belle, finis-en !"

"Tu vas écouter, n'est-ce pas, sérieusement ?"

"Certainement, maman . Je n'ai jamais eu aucune objection à ce que vous fassiez de moi un tonneau au trésor, alors allez-y."

"Oh, ces femmes bienveillantes, Dave ! Chacune d'elles à elle seule est aussi bonne que possible, mais rassemblez-les dans un comité, et elles sont aussi froides, cruelles et avides que l'homme d'affaires le plus méchant que vous puissiez nommer ! "

"D'autant plus!" dis-je avec approbation, et pour une fois, Isabel n'était pas mécontente du dénigrement de son sexe.

"La question s'est posée de savoir ce qu'il fallait faire de Mary Mason et de chacun d'entre eux, David - chacun d'entre eux, avec ses propres jeunes filles grandissant à la maison, a voté pour laisser cette fille parcourir cette ville en vendant un livre. ".

"Est-ce que c'était ce qu'elle voulait faire ?"

"Oui, mais imaginez qu'ils la laissent faire ! Vous savez aussi bien que moi quel genre de ville il s'agit, et s'il est sécuritaire pour une jolie fille comme celle-là d'aller dans les bureaux des hommes, en essayant avec sa jolie apparence et ses manières. pour les inciter à s'abonner à « L'Afrique la plus sombre » de Stanley. Oh, j'étais sauvage ! J'ai dit à Mme Robinson : « Comment voudriez-vous que votre Lulu fasse cela ? « Les cas sont bien différents, dit-elle : ma fille n'a pas besoin de gagner sa vie. « Madame Constable, lui dis-je, si votre petite-fille était laissée seule au monde, que penseriez-vous de la charité d'un groupe de femmes qui lui permettraient de quitter leur protection pour gagner sa vie de cette façon ? "Je ne vois pas le rapport", dit-elle; "Mary Mason se bat contre le monde depuis l'âge de sept ans, et juste parce qu'elle a un joli visage, vous semblez penser qu'elle devrait être mise dans une vitrine. et ne fais jamais rien pour elle-même.'"

"Elle t'avait là, Belle," dis-je en la tirant vers le bras de mon grand fauteuil. "Laisse cette fille tranquille, elle s'en sortira bien. Elle est trop belle pour être une infirmière ou une femme de chambre, et elle ne sait pas assez arithmétique pour être vendeuse. Je ne vois pas ce qu'elle peut faire d'autre." ".

"C'est exactement ce que les dames ont décidé calmement", a déclaré ma femme en marchant à nouveau sur le sol. "Ils semblaient penser qu'une petite formation commerciale ne ferait que faire Marie. Oh, ces chrétiens!"

"Vous voyez, ma chère," dis-je, "les comités ne sont pas censés avoir de conscience. Ils ont les revenus du Refuge en fiducie pour les cotisants, et ils n'ont pas le droit de continuer à subvenir aux besoins d'une fille qui est prête à travailler. pour elle-même. La façon dont elle propose de le faire ne les regarde pas.

" C'est exactement ce que c'est : leur affaire ; leur affaire de veiller à ce qu'elle ne connaisse pas le sort même dont nous l'avons déjà sauvée une fois. Oh ! il n'y a aucun moyen d'amener ces gens bornés, orthodoxes et sectaires à voir plus que un côté d'une question.

« Gardez-vous de devenir dogmatiques de votre côté, » dis-je en me levant pour faire tomber les cendres de ma pipe. "Si c'est la loi du Karma qui est responsable du fait qu'elle a été laissée à elle-même à un si jeune âge, c'est la même loi qui s'en prend à elle maintenant, et je n'interférerais pas avec ses opérations, si j'étais vous."

"Vous ne comprenez pas du tout de quoi vous parlez", et Belle quitta la pièce pour régler une dispute bruyante dans la crèche.

CHAPITRE II.

CET HIVER - , j'apercevais de temps à autre Mary Mason dans la rue, mais comme je n'avais pas le plaisir de la connaître, je ne m'arrêtais pas pour lui demander comment elle allait. Ma femme m'a cependant dit qu'elle vivait dans une chambre au-dessus d'un magasin du centre-ville, qu'elle prenait ses repas à l'extérieur et qu'elle réussissait très bien avec sa liste d'abonnements.

"La jeune fille va bien, si seulement les commérages la laissaient tranquille. Certains d'entre eux affirment qu'elle a eu un enfant au Refuge, et bien que les dames de notre comité le nient avec indignation, elles secouent la tête et disent bien sûr qu'elles je ne sais rien d'elle maintenant."

"C'est la seule excitation qu'éprouvent beaucoup de ces femmes", dis-je. "Pour rien au monde elles ne liraient un roman français, et certaines d'entre elles ne seraient pas vues au théâtre, elles doivent donc satisfaire leur envie morbide. pour le sensationnalisme en entendant et en répétant toutes sortes d'histoires peu recommandables - et ils le font au nom de la charité ! Ils regrettent beaucoup qu'il y ait tant de méchanceté dans le monde, mais comme elle est là, ils aiment enquêter sur les détails, et peu importe qu'ils fassent du bien ou non. »

"Il n'y a aucun détail à enquêter, en ce qui concerne Mary Mason. J'ai pris soin de m'en assurer, quand j'ai entendu qu'un gros machiniste, qui loge dans le même appartement, mentait à son sujet. , simplement parce qu'elle refusait de lui dire quoi que ce soit.

, alors que je quittais le bureau d'Echo à midi, j'ai vu la belle travée noire d'Henderson, avec l'épave d'un traîneau derrière eux, descendre la rue au grand galop, et je me demandais si mon devoir de citoyen, qui m'appelait à tenter d'arrêter les brutes, était plus fort que mon devoir envers ma femme et ma famille, qui m'ordonnait de rester là où j'étais, lorsqu'une jeune femme sauta la crête de neige au bord du trottoir et se jeta sur le mors de le cheval le plus proche. Le puissant animal la fit tomber, mais il fut arrêté un instant, et à cet instant un jeune homme saisit le compagnon de l'autre côté ; l'équipe a été arrêtée et directement entourée par une foule. Puis j'ai vu que c'était Mary Mason qui était l'héroïne du drame. Elle se retira de la foule, redressa son chapeau plat sur son visage rose et s'éloigna de son air indifférent habituel.

« Elle a du courage, cette fille », me disais-je, mais je ne pensais plus à elle jusqu'à ce que je rentre à la maison un certain soir de mars et que je la trouve confortablement installée d'un côté du feu de notre chambre d'enfant, tandis que ma mère de l'autre côté lui jetait des regards méfiants par-dessus ses lunettes. "Miss Mason" a dîné avec nous, puis je me suis retiré dans mon grand fauteuil à ressort recouvert de cuir dans le salon pour attendre les développements. Cette chaise doit être approchée avec déférence, car elle a l'habitude précoce de faire basculer en l'air les pieds de tout occupant imprudent ou de le faire basculer sur le sol. Je connais sa disposition, je peux conserver mon équilibre et je n'ai jamais été projeté ni en avant ni en arrière, sauf une fois dans chaque sens.

Bientôt, Belle me suivit, « chargée », comme disent les garçons.

"Il semble que je ne pourrai jamais me libérer de la responsabilité de cet enfant."

"Qu'est-ce qui se passe maintenant ?"

"En ville, aujourd'hui, j'ai rencontré le chef de la police..."

"Super copain à toi !"

"Oui, en effet. Nous avons eu de nombreuses conversations à différents moments au sujet de certains de mes cas. Aujourd'hui, il a dit : 'Vous vous intéressez à cette jeune fille, Mary Mason, n'est-ce pas, Mme Gemmell ?' « Oui », dis-je, même si mon cœur se serra et que je ne comprenais pas pourquoi il n'aurait pas pu s'adresser à un autre membre du comité ; « quelque chose ne va pas chez elle ? " Pas encore, " dit-il ; " mais ce sera bientôt le cas si quelqu'un ne s'occupe pas d'elle. Il y a un projet en cours pour l'emmener à Chicago pour vendre un livre, à ce qu'on dit. " "Bon Dieu ! Personne n'oserait !" « N'est-ce pas, cependant ? » dit-il. " Il y a un batteur bien connu dans cette ville au fond. Il sait que la fille n'a pas d'amis, et à Chicago, elle ne connaît même pas âme qui vive. C'est dommage, car j'ai eu mon œil sur la jeune femme tout l'hiver, et elle est restée parfaitement droite.

"Vous pensez peut-être, Dave, que je devrais être endurci face aux horreurs à ce moment-là, mais je suis devenu assez étourdi lorsque le chef de la police a poursuivi en disant : 'Je ne peux pas bouger dans cette affaire. Nous ne pourrons jamais toucher à ces choses-là.' jusqu'à ce que le mal soit fait ; mais si vous aimez vous renseigner, vous découvrirez que je vous ai dit la vérité.

"Quand il m'a quitté, je me suis retourné pour rentrer à la maison, ne sachant pas quoi faire, mais au premier virage, ne suis-je pas tombé sur Mary Mason elle-même ! Je ne l'avais pas vue depuis quelques mois. « Comment allez-vous , Mme Gemmell ? » dit-elle, car je m'arrêtai et la regardai comme si elle avait été un corbeau blanc. « Et à propos de « L'Afrique la plus sombre ? » J'ai trouvé le souffle pour demander, même si c'était Chicago le plus sombre que j'avais en tête. « J'ai J'en ai fini avec ça maintenant, dit-elle ; j'ai très bien fait aussi. « Et qu'est-ce que tu vas faire ensuite ? » "Je ne sais pas . Quoi qu'il arrive. J'ai une offre pour aller à Chicago pour y vendre un livre." Je l'ai attrapée par le bras comme si j'avais été le chef de la police. "Mary, veux-tu s'il te plaît aller chez moi et m'attendre là jusqu'à ce que je vienne ?" "Oh, oui, maman , si tu le veux", et elle est partie sans poser de questions.

"Eh bien, Dave, j'ai consacré quatre heures de travail de détective amateur cet après-midi et j'ai l'impression que j'avais besoin d'un bain moral. J'ai découvert que tout était vrai, comme l'avait dit le chef de la police. Il y avait un complot . pour ruiner la jeune fille, et je ne pense pas que l'auteur oubliera de sitôt son entretien avec moi.

"A quoi cela servira-t-il à la jeune femme ? Il y en a bien d'autres de son espèce dans le monde, et avec ses tendances héritées, je suppose que ce n'est qu'une question de temps : quand elle ira dans le mauvais sens."

« David Gemmell ! »

Cela vaut la peine de faire un discours caustique de temps en temps pour voir Isabel se dresser de toute sa hauteur. Ses yeux bruns émettent positivement des étincelles, et ses cheveux gris, qu'elle porte ondulés et séparés, lui donnent un air de distinction qui ne déparerait pas pour un esprit vengeur.

"Je suis rentrée à la maison toute fatiguée", poursuivit-elle en s'enfonçant dans la chaise à côté de la mienne, "et regardant par la fenêtre de la chambre d'enfant, Mary Mason était assise avec notre petite Chrissie sur ses genoux. Les deux visages à la lumière du feu se ressemblaient tellement. que mon cœur a fait un grand battement et j'ai juré que cette fille ne serait plus jamais laissée à la dérive. C'est la deuxième fois qu'elle est jetée sur mon rivage, et je dois veiller à elle.

donc entrée dans notre cercle familial sans que personne n'ait grand-chose à dire sur le sujet, sauf ma mère !

"Qu'est-ce qu'il y a chez Eesabell pris avec le noo ? "

« Elle s'appelle Mason », dis-je ; "Marie Mason."

"J'ai eu du mal Votre femme pensait à garder une femme de ménage , mais je ne l'ai pas fait. attendre je vais la voir papoter elle - même à table avec les femmes .

"Ce n'est pas une femme de ménage. Elle reste juste avec nous pendant un moment."

"Vous penseriez qu'Eesabell micht hae assez adaé Avec elle aussi , je n'accueille que des étrangers.

"Mais Mary doit aider aux tâches ménagères, en échange de sa nourriture et de ses vêtements."

"Laisse-la porter un garde - robe et un tablier, alors, et manger avec Marg'et ."

"Margaret pourrait s'y opposer", et j'ai ri de la consternation probable de notre robuste et rude mètre d'un mètre cinquante, si cette blonde ladyfiée envahissait définitivement son domaine.

"Hoo lang, est-ce qu'elle est prête à rester ?"

"C'est plus que ce que je peux vous dire."

Après que Mary ait passé une semaine à la maison, il est devenu évident qu'il fallait faire quelque chose avec elle.

« Elle est obligée de ne pas retourner à l'école publique, Dave, et pourtant elle ne sait ni lire ni écrire. Pensez-vous que nous pouvons nous permettre de l'envoyer dans un pensionnat, dans un couvent, par exemple, où elle serait bien soignée et on a tenu compte de son retard ? »

Belle et moi étions en train de conduire ensemble. C'était notre première soirée printanière et j'essayais la nouvelle jument de Jim Atwood sur Maple Avenue, qui venait d'être pavée en blocs. J'étais tellement absorbé par l'observation de ses pas que je n'ai pas répondu immédiatement à ma femme, et elle a continué :

"Tu allais m'offrir un cheval et une Victoria ce printemps, mais je suis prêt à les abandonner pour envoyer Mary à l'école."

" S'il vous plaît, ma chère. C'est vous qui utiliserez la participation. Je me contente d'emprunter à mes amis. N'est-elle pas une beauté ? "

Belle est sortie de l'espace pour me répondre.

"Oui, tout à l'heure; mais elle ne le sera plus quand elle sera vieille. Ses traits ne sont pas beaux du tout; son front est trop étroit et son nez trop large. Sans ses beaux cheveux et son teint, elle n'aurait rien." pour se vanter, mais d'une paire d'yeux bleus très ordinaires.

"Qui ? La jument ?"

"Ne sois pas stupide, Dave, et fais attention à ce que je dis. Je n'ai presque jamais l'occasion de te parler, Dieu sait!"

"Vous recevez l'attention des éditoriaux plus souvent et plus longtemps que quiconque."

"Prête-le-moi maintenant, alors. Ne penses-tu pas qu'un couvent serait le meilleur endroit pour Marie ?"

"Peut-être, car à notre connaissance, il n'existe aucun établissement d'enseignement théosophique."

"Marie n'est pas encore assez avancée pour être théosophe. Elle devra revenir plusieurs fois avant de le faire. L'Église catholique romaine est sur son plan dans cette incarnation."

"Cela semble toucher les masses, c'est un fait, alors que votre théosophie ne semble pas réalisable pour les personnes sans instruction ni pour les enfants."

"Je ne suis pas d'accord avec toi là-dessus."

"Alors pourquoi aviez-vous si hâte d'envoyer Watty dans une école paroissiale pour terminer ses études, et pourquoi cherchez-vous déjà un internat pour les deux filles où elles bénéficieront du meilleur des influences chrétiennes ? Quel est votre objectif ? en étant si particulier que les plus jeunes garçons viennent régulièrement à notre chœur surplis ?

"Cela leur donne une bonne idée de la musique, mais ce n'est pas le sujet pour le moment. Pouvons-nous nous permettre d'envoyer Mary Mason dans un couvent, ou non ?"

« Choisissez entre elle et la jument buggy « convenant à une dame à conduire », dis-je ; mais en réalité c'est ma mère qui a réglé la question.

Quand nous sommes rentrés à la maison ce soir-là, elle était assise au coin du feu,

" Soigne sa colère pour la garder au chaud."

"Vous pouvez soit vous enfoncer dans le hizzy Otte- le , ou je vais rejoindre un gang.

"Qu'est-ce qu'il y a maintenant, maman ?"

"Je ne lui ai pas dit de brosser les morceaux des garçons pour être prêts pour l' école le matin . Ils étaient en désordre avec leurs leçons et elle ne l'était pas c'est le tour d' un han ."

"Et qu'est-ce qu'elle a dit ?"

" S'y ! J'aurais aimé que vous voyiez le coup qu'elle m'a donné ! "

« Les garçons peuvent se brosser les dents », dit-elle ; "Je ne suis pas leur serviteur."

J'ai ri.

"Il est bien évident qu'elle n'a pas été élevée en Écosse, sinon elle saurait que c'était le devoir impérieux des filles de la maison de servir les garçons."

"Et c'est un peu mieux que de voir les gars courir après les filles, les soigner comme ils le font ici. Quand un homme vient chez moi . après son anniversaire Attention , il devrait être laissé assis sur son siège, et il y aura des choses pour lui.

"David", dit Belle en se laissant tomber sur un repose-pieds à mes pieds avec un geste dramatique, "tu ne boutonneras plus jamais mes bottes ! Mais sérieusement", continua-t-elle, tandis que sa mère se retirait avec un grand enthousiasme dans son sanctuaire à l'étage, "je ne le fais pas". Je ne pense pas qu'on devrait s'attendre à ce que Mary brosse les bottes des garçons. Nous ne l'avons pas engagée comme servante, et même si nous l'avions fait, il n'y a pas une fille engagée dans cette partie du pays qui ne ferait pas d'histoires si elle " J'ai dû brosser les bottes de l'homme de la maison, sans parler des garçons. Il faudra bien emmener Mary quelque part, ne serait-ce que pour maintenir la paix. "

donc envoyée dans un couvent et, au bout de trois mois, revint pour ses vacances dans notre chalet d'été à Interlaken. Être si près du grand lac n'est pas d'accord avec ma mère, et elle y passe rarement plus d'une semaine avec nous, mais en juillet et août, elle rend visite à ma sœur mariée en ville. La voie était libre pour que Belle et moi décidions des progrès réalisés dans la réalisation de Mary, et nous pensions avoir découvert beaucoup de choses.

"Qu'est-ce qu'elles vous ont fait, ces religieuses, pour vous calmer si vite, Mary ?" Ai-je demandé, alors qu'elle était assise à côté de moi, se balançant dans une chaise à bascule basse et si jolie que j'étais assez fière d'elle comme ornement de notre véranda avant.

"Je ne sais pas ", dit-elle, "à moins que ce ne soit l'exercice pour s'asseoir parfaitement immobile sur une rangée de chaises. Une religieuse passe derrière nous et laisse tomber un gros livre ou quelque chose du genre, et toute fille qui saute obtient une mauvaise note . "

"Capital!" J'ai pleuré; "pas étonnant que vous ayez appris le repos des manières."

Ainsi encouragée, la jeune fille continua :

"Ensuite, nous organisons de petites fêtes et réceptions, et nous devons converser avec les religieuses et entre elles, et quiconque mentionne l'un des trois D obtient une mauvaise note."

"Les trois D ?"

"Oui, monsieur : tenue vestimentaire, maladie et domestiques."

"Écoute ça, Belle," dis-je en riant, tandis que ma femme prenait le fauteuil à bascule de l'autre côté de moi ; "Imaginez qu'un groupe de femmes soit obligé d'éviter les trois D !"

"Tu devrais interroger Mary sur ses études", fut la réponse sévère. "Nous avons été très satisfaits de vos lettres."

"Oui, maman ; Sœur Stella a toujours été très douée pour ça ; elle m'a aidée avec les grands mots et a souvent écrit le tout pour moi. Parfois, je devais le copier deux ou trois fois avant de pouvoir lui plaire."

Belle changea précipitamment de sujet. "Laissez M. Gemmell entendre le morceau que vous m'avez récité ce matin."

Je ne suis pas juge de l'élocution, mais l'effet général de la jeune fille debout sous l'arche de la véranda, un poteau couronné de clématites de chaque côté, et son visage aux couleurs délicates, tourné vers le crépuscule doré, était agréable. à l'extrême.

"Elle sera peut-être célèbre un jour ", dit Belle, lorsque Mary se fut discrètement retirée. "Elle est beaucoup plus rapide à apprendre des vers par cœur qu'à les lire."

"Pourtant, pour être un bon élocuteur de nos jours, il faut être parfaitement instruit, et Mary commence trop tard."

"Vous ne pouvez pas le dire. Elle en a l'apparence, et c'est la moitié de la bataille."

"Avec nous, peut-être ; mais rappelez-vous, nous ne sommes pas des critiques compétents, même si l'un de nous est théosophe."

"Riez comme vous voulez, Dave. La théosophie me satisfait, car elle explique certaines choses de ma propre nature que je n'aurais jamais pu comprendre auparavant."

"Il se peut que vous soyez trop vite satisfait. C'est comme ça avec tous les mouvements nouveaux : une histoire est bonne jusqu'à ce qu'une autre soit racontée. Votre arrière-petite-fille sourira de la crédulité de vos idées sur ce sujet même."

"Elle peut sourire, et vous aussi. Nous ne prétendons pas tout savoir; nous espérons seulement que nous sommes sur la bonne voie pour apprendre. Pour ma part, je suis reconnaissant de penser qu'il y a des têtes plus sages que la mienne qui s'interrogent sur ce sujet. le problème de nos pouvoirs psychiques. J'ai toujours pris des impressions sur des objets inanimés, et cela m'a dérangé. Maintenant, je trouve mes sensations analysées et classées sous le titre de Psychométrie, et c'est un réconfort de savoir que d'autres personnes que moi peuvent discernent une *aura* et sont assez sages pour se fier aux impressions qu'ils reçoivent de cette manière.

"Mais si j'étais vous, je ne pense pas que je ferais de ce cadeau un divertissement de salon, si c'est un cadeau, comme j'ai entendu dire que vous l'aviez fait chez les Wades l'autre soir."

"Qui vous l'a dit ? Qu'avez-vous entendu ?"

"Les journalistes entendent tout. Vous avez demandé à M. Saxon de tenir son mouchoir serré dans sa main pendant quelques minutes, puis de vous le donner. Vous avez fermé les yeux en le tenant et avez reçu l'impression de son 'aura ", ou l'atmosphère qui l'entoure, ou peu importe comment vous voulez l'appeler, et puis la société vous a posé des questions, et vous lui avez donné un très vieux personnage. Il n'aimait pas du tout ça, ni sa femme, ni sa fille. belle-mère. Vous vous ferez des ennemis si vous ne faites pas attention.

"C'était *une* erreur de ma part d'exercer mes pouvoirs simplement pour satisfaire une vaine curiosité. Aucun bon théosophe ne l'approuverait."

« Dites plutôt : « aucune personne sensée ne le ferait ». Les Théosophes n'ont pas le monopole du bon sens. Ils me semblent légèrement déficients dans cet article, mais j'ose dire qu'ils compensent par un sens peu commun.

"Vous parlez plus sagement que vous ne le pensez," dit Belle solennellement. "Si je n'avais pas adopté certaines des idées de la Fraternité, je me demande où aurait été cette jolie et innocente jeune fille à cette époque. Voudriez-vous que je retourne en arrière et que je sois comme j'étais autrefois, un matérialiste de haut rang, ne vous soucier de rien d'autre que de vous habiller, de danser et de passer un bon moment ? Vous savez que vous ne le feriez pas, David. Vous savez aussi bien que moi que la Théosophie a été ma création, et à travers moi, elle sera également la création de Marie. ".

CHAPITRE III.

POUR OU Windermere dans les yeux de son bon souvenir, il n'est pas surprenant que les grands lacs d'Amérique semblent des étendues d'eau hurlantes, car les rives sont pour la plupart basses et peu pittoresques . Il n'y a pas de marée changeante pour donner de la variété, pas de forte odeur d'algues ni de brise salée pour réconforter les nerfs fatigués, mais les nerfs fatigués sont néanmoins fortifiés. Le sable est doux et propre sur lequel on peut s'étendre, et les vagues qui roulent sans cesse à nos pieds sont apaisantes dans leur monotonie. Il n'y a aucune crainte que l'eau empiète sur elle, aucune crainte qu'elle ne laisse une vasière nue sur près d'un mile ; et l'étendue illimitée de bleu qui rencontre l'horizon satisfait l'œil, qui ne se soucie pas de savoir si la terre de l'autre côté est à des centaines ou des milliers de kilomètres, pourvu qu'elle soit hors de vue.

Un soir de juillet, deux jeunes gens semblaient trouver le lac Michigan parfaitement satisfaisant à tous égards. La jeune fille était assise sur un rondin de bois flotté, perçant des trous dans le sable avec le bout pointu de ses chaussures, beaucoup trop fines pour l'usage, tandis que le jeune homme étendu à ses pieds la regardait au lieu du coucher de soleil qu'ils étaient venus admirer. Je ne pouvais m'empêcher de penser à quel joli tableau ils faisaient, alors que je me promenais le long du rivage avec ma pipe, pour me rafraîchir après une journée très chaude en ville.

La famille était toute à Interlaken, mais Margaret est restée à Lake City pour arroser l'herbe et m'offrir mon dîner de midi. Je suis incapable de décider quelle profession elle considérait comme la plus importante. Il n'est pas facile de faire pousser de l'herbe chez nous, et quiconque peut afficher une parcelle raisonnablement verte en juillet et en août fait preuve d'une grande persévérance en matière d'arrosage du gazon. J'ai dit à Margaret qu'elle serait prête à entrer dans les pompiers l'hiver prochain, elle devenait une telle experte en matière de tuyau d'arrosage. Mais revenons aux rives du Michigan.

Les deux amants m'intéressaient tellement que je me rapprochai peu à peu d'eux. L'espèce s'oppose rarement à la proximité d'un gros petit homme avec une pipe prosaïque dans la bouche et une paire d'yeux bleu clair, handicapés par des lunettes, qui semblent toujours chercher une voile à l'horizon. En fait, je n'attire jamais l'attention nulle part, sauf si ma femme est là, et je ne suis que trop fier et heureux de briller dans son reflet.

Je m'assis donc sur un morceau de souche, usé blanc et lisse comme un squelette avant d'être rejeté par les vagues ; mais quand les deux m'ont aperçu, l'homme s'est levé et est venu vers moi en me tendant la main, tandis que la jeune fille s'éloignait d'un pas nonchalant dans l'autre sens, et j'ai vu qu'elle était Mary Mason.

"Bonjour, Link ?" dis-je au jeune homme. "Je ne savais pas que tu étais ici."

"Je suis à l'hôtel pour une semaine ou deux. Je viens de faire la connaissance de votre fille adoptive."

"Mon quoi?"

"Vous l'avez adoptée, n'est-ce pas ?"

"Je ne sais pas si je n'ai pas du tout réfléchi à la question."

"C'est une fille adorable et une beauté aussi. N'importe qui serait fier de la posséder."

"Tu ferais mieux de laisser Dolly Martin t'entendre dire ça."

Abraham Lincoln Todd s'est redressé dans le style de célibataire le plus indépendant.

"Elle pourra s'occuper de moi quand nous serons mariés, mais en attendant je suis un homme libre."

Il est considéré comme très beau, grand et brun, un bon homme d'affaires aussi, et Belle avait tout à fait approuvé les fiançailles entre lui et Dolly Martin, qui, bien que n'étant pas une jolie fille, était forte et sensée, et la fille de l'un d'elle. amis les plus anciens.

Lincoln doit profiter de son intimité avec notre famille pour flirter avec Mary Mason.

Interlaken n'est pas une station à la mode. Même l'hôtel est une demeure conviviale, que les clients semblent gérer eux-mêmes, même s'ils préfèrent généralement vivre à l'extérieur et ne rentrer à l'intérieur que pour les repas et le lit. De temps en temps, par une soirée fraîche, les jeunes se lancent dans une danse, et certains d'entre nous, les plus âgés, y sont également entraînés.

Les Écossais adorent danser et je ne fais pas exception. Je ne suis pas doué pour la valse ni pour aucune des danses rondes les plus récentes, mais donnez-moi une schottische des Highlands, ou une danse carrée, quand il y a un génie inventif pour annuler les figures et prescrire beaucoup de variété. Il n'y avait pas d'intervenant professionnel à Interlaken, mais Lincoln Todd en a assuré un en dansant. Quand il en avait assez et qu'il se lançait dans une série de valses, de ripples, de maillots, de bon tons, de polkas précipitées et je ne sais quoi encore, je restais comme une giroflée.

La raison pour laquelle je me suis assis là était que je ne pouvais pas quitter Mary Mason des yeux. Je ne sais pas où elle a appris à danser , mais elle a dansé, avec une grâce et *un abandon* qui faisaient de toutes les autres filles présentes dans la pièce des trembleuses. Lincoln Todd était très amoureux d'elle.

Le nôtre fait partie de la douzaine de cottages qui rayonnent autour du grand hôtel. La plupart des résidents du chalet dînent et soupent à l'hôtel, étant, comme nous, sans serviteurs . Belle a dit qu'elle pouvait parfaitement s'entendre sans Margaret, quand elle avait Mary Mason pour l'aider dans les tâches ménagères, et qu'en effet, il n'y avait pas grand-chose à faire. Les quatre chambres s'ouvrent sur une pièce centrale que nous appelons le salon, mais ce n'est que par temps pluvieux qu'elle justifie ce nom, car, en règle générale, nous nous asseyons sur des rockers ou nous nous balançons dans des hamacs sur la large véranda qui fait le tour des trois chambres. côtés de la maison. Les chaumières sont si rapprochées qu'un bon sauteur peut facilement sauter d'une véranda à l'autre, et les dames des propriétaires bavardent, et les hommes aussi lorsqu'ils reviennent du travail chaque soir ou du samedi au lundi. Mon sort est généralement le plus court, et un dimanche après-midi, je m'étendis dans mon hamac préféré du côté nord de la véranda, dormant du sommeil du rédacteur en chef fatigué, jusqu'à ce que des voix me réveillent.

"Mary, où as-tu trouvé cette nouvelle raquette de tennis ?"

"M. Todd me l'a donné."

« Ne vous ai-je pas dit distinctement que vous ne deviez même pas prendre de bonbons de M. Todd ?

"Il donne des choses à toi et à Chrissie."

"C'est une tout autre affaire. Chrissie est un enfant et c'est un vieil ami de la famille."

"Je n'y peux rien s'il aime me faire des cadeaux."

"Vous pouvez aider à les prendre, surtout de la part d'un homme fiancé."

"Je m'en fiche s'il est fiancé. Il dit qu'il ne se soucie pas du tout de Miss Martin. Il ne l'a poursuivie que pour son argent. Il me préfère et il dit qu'il ne l'épousera jamais."

"Mary ! Je pense que tu ferais mieux de ne pas te rendre si bon marché. Tu rends immédiatement cette raquette à M. Todd et tu lui dis que Mme Gemmell a dit que tu ne devais pas la garder, et la prochaine fois qu'il t'apportera vers le bas des fleurs ou des chocolats, vous faites de même.

Si je n'avais pas connu le sexe et l'âge approximatif de Mary, j'aurais cru que c'était un petit garçon colérique qui dévalait la véranda.

Le samedi soir suivant, la pleine lune était aidée dans ses tâches par un grand feu de joie sur notre plage. L' Eden sans Adam , ayant reçu son contingent masculin du « week-end », fut incité à rôtir du maïs. Les épis verts, plantés au bout de longs bâtons, étaient tenus par les filles et les hommes au-dessus du feu jusqu'à ce qu'ils soient rôtis, puis transmis à une rangée de matrones, déguisées en grands tabliers, qui les salaient et les beurraient prêtes à être mangées. Si vous connaissez quelque chose qui a un goût plus sucré qu'un épi de maïs indien fraîchement torréfié et beurré, votre expérience est plus large que la mienne.

Utilisant habituellement mes yeux pour faire des affaires, je ne pouvais m'empêcher de remarquer que Lincoln Todd ne ramassait pas sa part de bois flotté pour entretenir le feu, et je ne voyais pas non plus le joli visage de Mary Mason dans la guirlande de beautés penchées avec un intérêt avide sur le feu. poteaux à baïonnette avec des épis de maïs. C'était peut-être la peur de gâcher son teint qui la maintenait à l'écart pour chuchoter avec Link, mais cela leur convenait tous les deux que Dolly Martin choisisse ce moment précis pour son entrée sur scène. Elle et sa mère rejoignirent le groupe des beurreurs , et je remarquai que Mme Martin rendait plutôt avec raideur le salut cordial de Belle. Puis Miss Dolly se dirigea calmement vers les deux hommes assis l'un à l'autre, ayant visiblement reconnu le dos du blazer de Lincoln. Elle fit mine de trébucher sur un de ses pieds.

"Oh excusez-moi!" dit-elle ; et lorsque Link se leva, Mary Mason eut le plaisir d'assister à une rencontre des plus chaleureuses entre les fiancés. Ils partirent au clair de lune, son bras autour de sa taille.

Personne, sauf moi, ne remarqua la jeune fille qui glissait sur le sable et posait sa tête sur le rondin sur lequel elle était assise, et moi-même faisais semblant de ne pas voir que son mouchoir était en action.

"Bonjour Mary!" dis-je, "Je vais vous faire correspondre les pierres à sauter. Regarde ça!"

Sur ce, j'en envoyai un magnifique plat effleurant avec près d'une douzaine de sauts la brillante trace de la lune sur l'eau. Au début, elle ne m'a prêté aucune attention et j'ai continué à m'éloigner, comme si je ne la voyais pas s'éponger les yeux. Peu à peu, un coup digne de moi fit tourner un caillou à travers les ondulations, et le rire prêt de Mary retentit à côté de moi. Vingt minutes après l'apparition de Dolly Martin, « Mamie » était au centre des torréfacteurs de maïs et la plus gaie des gays. Belle m'a dit qu'elle avait gardé cette ligne de conduite pendant toute la semaine où Miss Martin et sa mère étaient restées à l'hôtel.

"Il m'a semblé que Dolly prenait un plaisir particulier à afficher son bonheur devant la pauvre Mary, mais Mary n'a jamais montré la plume blanche."

"Il y a en elle la création d'une femme bien."

"C'est peut-être le cas", dit ma femme. "Mais la semaine dernière, elle m'a extrêmement épuisé. N'ayant aucun homme en particulier à ses côtés, elle m'a suivi comme un épagneul, a voulu savoir ce que je lis et a commencé un livre dès que j'ai fini. avec ça."

"Je l'ai vue dernièrement porter "The Coming Race" avec elle, mais j'ai remarqué que le marque-page reste toujours au même endroit."

Mary aimait les promenades solitaires dans les pinèdes, entrecoupées de promenades en planches qui permettaient la promenade. Les gens aimaient s'y promener le soir, lorsque les lumières des camps dans les creux donnaient un charme mystérieux, et continuer jusqu'au grand Knight Templar's Building, érigé sur le point culminant de la falaise sablonneuse surplombant le lac Michigan. Chaque nuit, cette structure proéminente brillait de lumières électriques, et parfois un orchestre jouait sur la véranda ; mais les seuls visiteurs étaient des propriétaires de chalets et des invités de l'hôtel, qui montaient là-bas pour se promener et profiter de la perspective.

Notre rédacteur municipal me surprend souvent par la profondeur et l'étendue de ses informations locales. Par exemple, j'ai ouvert un jour l' *Echo* pour savoir que "Miss Mamie Gemmell" avait devancé toutes les cyclistes de la ville en parcourant la distance entre Lake City et Interlaken en quarante-sept minutes. Il a également été remarqué qu'elle était l'une des cavalières les plus gracieuses de la route.

Je me demande combien de générations un homme doit être expulsé d'Écosse avant de devenir insensible à la disposition du nom de famille. J'avoue que je me suis tortillé intérieurement, mais avec un calme extérieur, j'ai demandé à Belle où Mary avait trouvé le « vélo ».

"L'ancienne de Watty. Il a appris à Mary à la monter, puis lui en a fait cadeau, car il a jeté son dévolu sur une nouvelle roue."

"Confondrement généreux de sa part !"

"Je suis content que vous le considériez de cette façon. Il est si rare qu'il abandonne quoi que ce soit pour qui que ce soit, j'ai pensé qu'il devrait être encouragé, et j'ai dit qu'il devrait avoir un nouveau vélo avec des pneumatiques et toutes les dernières améliorations. à Noël, si vous ne jugez pas bon de le lui offrir plus tôt.

En août, j'ai pris ma journée annuelle de pêche, ce qui est devenu plutôt une plaisanterie dans la maison, car, malgré mes préparatifs minutieux de la veille et l'heure inouïe à laquelle je me lève le matin, je n'ai jamais On sait qu'ils capturent tout ce qui vaut la peine d'être ramené à la maison.

Cette fois, mon compagnon était un journaliste de Chicago, un jeune homme ardent, qui ne pouvait s'empêcher de « faire du shopping », même pendant ses vacances, et qui avait lancé un petit hebdomadaire dans lequel devaient être consignés les événements d'un certain congrès. organisant une session d'été dans notre bosquet.

Nous avons remonté le petit lac au bord des nénuphars, pêchant des deux côtés, mais nous n'avons rien attrapé à part un ou deux crapets. Ensuite, nous avons allumé nos pipes et discuté.

"Quelle jeune femme extrêmement intelligente est votre fille adoptive. J'ai entendu dire l'autre jour qu'elle n'était pas la vôtre."

"En effet!"

"Oui, monsieur. Personne ne le croirait pour lui parler, mais elle a un esprit étonnamment brillant pour une personne aussi jeune. Elle ne doit pas avoir plus de dix-sept ans, mais ses descriptions sont assez bonnes pour l'un des meilleurs magazines, et elle a évidemment beaucoup réfléchi à tous les principaux sujets de l'époque. Eh bien, elle est en hypnotisme, évolution, théosophie, tout ! »

"Bénis mon âme ! Comment as-tu découvert tout cela ?"

Là-dessus, il sortit de sa poche quelques-unes de ses ennuyeuses petites publications.

"Je lui ai demandé d'écrire quelque chose pour notre journal, c'est comme ça que je le sais. Tu veux voir ?"

Je n'ai pas vocation à devenir critique littéraire, mais je suppose que je connais le style de composition de ma propre femme lorsque je le rencontre. Pendant les deux années de nos fiançailles, elle a vécu à Détroit et moi dans l'Indiana, et ses lettres m'ont tellement manqué après notre mariage qu'aujourd'hui encore, elle a l'habitude de me laisser lire celles qu'elle écrit à d'autres personnes. Mais je n'allais pas la confier à ce journaliste, car le nom de « Mary Gemmell » me sautait aux yeux dès la fin de chaque article ; mais j'ai fait des remontrances à Belle en rentrant chez moi.

"Comment pourrais-je m'en empêcher, Dave ? Il y avait une fille qui me taquinait pour que j'écrive quelque chose pour elle parce que ce type lui avait demandé de le faire. Elle a dit que je pouvais griffonner quelque chose aussi facilement que possible, et qu'elle pourrait ensuite le copier pour lui. Copiez-le ! Elle a mis des heures pour le faire, et j'ai considéré qu'elle méritait tous les éloges qu'elle a reçus pour les articles.

"Je ne recommencerais pas si j'étais toi. Cela fait naviguer la fille sous de fausses couleurs."

"Pauvre Mary ! Son seul petit accomplissement ne lui a été d'aucune utilité depuis que cet élocuteur professionnel est arrivé à l'hôtel, et je détestais la voir complètement jetée dans l'ombre, surtout pendant que Dolly Martin était là."

Il y eut encore une autre production de la plume de Miss Mary Gemmell.

"Vraiment, Belle," dis-je, "c'est pousser la plaisanterie trop loin."

" Ne vous inquiétez pas pour ça. Certains des vieux chats de l'hôtel ont commencé à soupçonner que Mary n'avait pas écrit ces choses et m'ont accusé en face de l'avoir fait moi-même, alors j'ai dû écrire un récit du pique-nique. le petit lac, parce qu'ils savent tous que je n'étais pas là du tout !"

« Que ce soit la dernière, alors. »

"Ce sera le cas, je vous l'assure, car je suis très mécontent de Mary. Depuis que Mme Martin et Dolly sont parties, elle a été aussi dure que jamais avec Lincoln Todd. Si vous vous dirigez vers le bâtiment des Templiers, je vous garantirai vous les trouverez là-bas en train de se promener à l'instant même.

"Non, je ne le ferai pas, parce que je les ai croisés il y a peu de temps alors que je traversais les bois, assis sur un banc isolé, son bras autour de sa taille et sa tête sur son épaule."

"Ils ne t'ont pas vu ?"

"J'ose le dire, mais je n'ai jamais laissé entendre que je les avais vus. À quoi ça sert ? On ne peut pas s'attendre à ce que je laisse l' *Echo* à mes sous-marins et que je vienne ici pour jouer le rôle du policier spécial auprès de Mary Mason. J'aurais dû penser que Todd était plus un gentleman. »

" Moi aussi, je devrais le faire, mais je lui ai parlé, je me suis bien brouillé avec lui, pour qu'il ne s'approche pas de la maison, mais je sais que lui et Mary se rencontrent quand même. Dieu merci ! il va bientôt se marier. "

"L'as-tu dit à Mary?"

"Oui, mais elle rit et hausse les épaules ; elle pense évidemment qu'elle en sait plus que moi sur les intentions de Lincoln Todd."

Au cours de la dernière semaine d'août, M. Todd est parti quelques jours « pour affaires », puis un matin épouvantable est arrivé lorsque l'annonce de son mariage avec Dolly Martin est apparue dans l' *Echo* .

Mary n'en croyait pas ses oreilles. Elle a apporté le journal à la plage et a épelé l'avis mot à mot. Puis elle s'allongea sur le sable et brailla, donnant des coups de pied et couinant comme un bébé d'un an lorsque Belle fit appel à son estime de soi.

"J'aurais bien pu lui donner une fessée", a déclaré ma femme. Le pire, c'est que tout l'hôtel était "au milieu du vacarme", comme l'exprimait vulgairement Watty, et riait plutôt de la mortification de Belle, au lieu de sympathiser avec elle dans les moments difficiles qu'elle traversait avec sa "fille adoptive".

Notre chagrin, en tant que famille, n'était pas insupportable lorsque vint le moment, en septembre, pour Mary Mason de retourner au couvent.

CHAPITRE IV.

cloches de traîneau au caractère affirmé cessèrent soudain de tinter, et la LONGUE CAMIONNETTE couverte , avec ses quatre chevaux, s'arrêta devant notre « Maison aux nombreux pignons », à Lake City. Watty, alors un grand garçon de dix-huit ans, en manteau, coiffé de fourrure et ganté, sortit précipitamment, frappant la porte d'entrée derrière lui, tandis que ses jeunes frères et sœurs faisaient des trous de leur souffle à travers le givre sur les vitres. pour assister à son départ avec le groupe hilarant de jeunes.

"Pourquoi tu n'y vas pas , Mame ?" » a demandé Joe, notre plus jeune fils, à la fille qui passait ses vacances de Noël avec nous.

"On ne m'a pas demandé", répondit-elle avec défi. "Et en plus, je m'en fiche d'aller quelque part , non plus, si les filles ne se comportent pas mieux avec moi qu'elles ne l'ont fait lors de cette fête l'autre soir."

Belle leva la tête du livre du Trésorier de la Maison du Refuge.

"Peut-être que tu n'as pas été gentille avec eux, Mary ?"

"Oui, moi aussi. Je souriais chaque fois que l'un d'eux me regardait, mais ils tournaient tous la tête comme s'ils ne m'avaient jamais vu auparavant."

Ma femme soupira en se penchant à nouveau sur son livre. Si la difficulté de se lier d'amitié avec Mary reposait uniquement sur des étrangers, elle aurait pu être patiemment supportée, mais il y avait une mère pour qui la présence de la jeune fille dans la maison était un grief constant.

J'avais pu acheter un cheval tranquille et un cotre Mikado pour Belle quand la neige était arrivée, mais elle n'en avait aucun plaisir pendant les vacances.

"Je vais conduire en ville, maman", l'entendis-je dire un matin. "Aimerais-tu aller?"

"Est-ce que Mary est partie ?"

"J'ai pensé à l'emmener."

"Alors je ne ferai pas partie d'un gang. J'aimerais pas croquer Mary ."

"Chère maman, il y a beaucoup de place."

"Oui, oui, mais vous savez que Mary n'aime pas s'asseoir sur le dos du cheval ."

Ce genre de chose arrivait toujours. Un jour, la vieille dame rentrait d'une série de visites, très perturbée d'esprit et de corps. Les cheveux blonds dont j'ai hérité et que j'ai en grande partie perdus ne montrent pas le gris avec lequel ils sont mêlés, et elle est si légère et si raide qu'il est difficile de se souvenir des soixante-dix ans de ma mère. C'est une petite femme, mais sa personnalité est suffisamment grande pour que les répercussions se fassent sentir dans toute la maison lorsque sa surface est perturbée.

"Qu'est -ce que tu crois que j'ai entendu ?" cria-t-elle en me trouvant seul dans la chambre d'enfant sur le canapé et impuissant entre ses mains.

"Je ne peux pas imaginer, maman. Vous avez généralement quelque chose de piquant à nous dire après avoir rendu visite aux MacTavish ."

"Dae vous savez ce que vous avez pris jusqu'à ouais Où est -ce qu'elle est elle-même 'Mary *Gemmell* ?'

"Oh, eh bien, qu'est-ce qu'il y a dans un nom ?"

"J'ai gagné je t'entends, Davvit ! Qu'est-ce que ton fidèle a Thocht démarre-le, ou ouais grand-père ? Compte tenu du nom féminin , qui est revenu inaperçu depuis une génération jusqu'à l' autre , dans les rues ! Ouais, ouais ! Je pourrais savoir ce qui se passerait quand je vous le dirais être méritoire jusqu'à ce qu'un Américain .

"Attendez, mère. Vous êtes juste vingt ans trop tard pour raconter cette histoire. Si cela nous convient, à moi et à Belle, d'avoir cette fille appelée "Mary Gemmell", elle le sera, si cela bouleverse toute l'Écosse. talons dans la mer du Nord.

Je m'éclate si rarement qu'une de mes éruptions ne manque jamais de dissiper l'air d'un sujet importun.

Nos garçons ont grandi selon une sorte de principe du "chacun pour soi", et lorsqu'il s'agissait de se battre pour le coin préféré du canapé, le jeu ou le livre d'images préféré, "Mamie" était dans la catégorie. épais à chaque fois.

« À quoi d'autre pouvez-vous vous attendre ? dis-je à Belle pour la consoler. "Elle a combattu le monde pour son propre compte depuis toujours, et notre maison ne représente pour elle qu'un changement de champ de bataille."

"Je pense que son père devait être un gentleman."

"Il avait certainement une particularité de gentleman."

"Ne sois pas une brute, Dave. Je veux dire que les ancêtres de Mary devaient être des gens riches, elle a un tel goût pour le luxe."

"Cela ne suit pas. Je suis sûr que vous avez vu beaucoup de gens pauvres se priver du nécessaire pour vivre afin d'obtenir le luxe."

"Elle est assez indifférente. Aujourd'hui, je l'ai emmenée dans un magasin pour lui acheter des bas, et elle a refusé d'en avoir d'autres que la meilleure qualité. "Le deuxième meilleur, c'est ce que je reçois pour moi-même, Mary", dis-je ; 'ils portent beaucoup plus longtemps que les autres.' "Je m'en fiche", dit-elle. "Si je ne peux pas avoir le meilleur, je n'en veux pas." "Alors fais-en sans", lui ai-je dit, et nous avons quitté les lieux. Le plus amusant, c'est qu'elle ne reprend même pas ses anciens ! Je ne peux pas toujours être aussi ferme avec elle. Je m'étonne moi-même parfois, les choses qu'elle retire de moi. Que pensez-vous qu'elle veut maintenant ?

J'ai toussé d'avertissement pour signifier que ma mère était entrée dans la chambre d'enfant, mais Belle regardait droit devant elle dans le feu de bois et faisait une balançoire dans le fauteuil à bascule en rotin - une symphonie mélodieuse dans une robe de thé mauve.

"Un cornet, s'il vous plaît."

"Un cornet !" dis-je. "Qu'est-ce qui lui a mis ça en tête ?"

"Je ne peux pas le dire. Elle dit que le professeur de musique du couvent peut lui apprendre à en jouer, et elle pense que si elle apprenait, elle pourrait peut-être diriger le chant dans une église avec un."

"Peut-être que quelqu'un jouait du cornet dans la compagnie de concert avec laquelle elle était."

"Na, na. C'est plus proche de ça que ça", intervint la mère. "Elle a une idée de ce qu'il en est . Cratur est à l' Opéra Hoose. J'ai vu sa bande près de la fenêtre avec lui, et j'ai regardé Watty qui il était.

"Je n'aime pas que Wat raconte des histoires sur Mary."

"Il ne veut pas , Davvit , jusqu'à ce que je le lui reproche . Il ne peut pas supporter le tawpie , et n'aime pas qu'elle soit peinte . oot comme sa sœur. Un corps ne peut pas blâmer le garçon . C'est bien mieux que son amour pour elle .

"C'est peut-être le cas", gémit Isabel.

Quand ma mère fut couchée, ma femme dit :

"Mme Wade est ici aujourd'hui pour inviter Watty et Mary à un bal de jeunes vendredi soir."

"Qu'est-ce que vous avez dit?"

"Je lui ai dit que je n'allais pas habiller cette fille et l'envoyer à des fêtes pour être snobée et méprisée par les autres filles, comme elle l'était au bal de l'école de danse. Elle a dit que si je laissais Mary partir, elle le ferait . voir à ce qu'elle passe un bon moment. De son côté, elle admirait la façon dont j'avais défendu la fille malgré tout ; et si elle était assez gentille pour vivre avec nous comme une fille, cela ne contaminerait sûrement personne d'autre. pour la rencontrer en soirée.

Samedi soir, j'ai demandé à Belle comment Mary s'était comportée à la fête.

"Premier tarif. Mme Wade l'a rencontrée à la porte du salon et l'a embrassée. "Comme tu as grandi, Mary!" dit-elle, puis elle lui fit faire le tour et la présenta à toutes les filles présentes dans la pièce, y compris certaines de celles qui l'avaient frappée à droite et à gauche, ainsi qu'à tous les garçons qu'elle ne connaissait pas déjà . j'ai dansé chaque danse et j'ai passé de très bons moments."

"Et, bien sûr, elle a tout mis sur le compte de ses propres attraits supérieurs ?"

" Exactement. Ce matin, elle ne voulait pas m'aider à faire les lits ! "

Le cadeau de Noël de Mary était un magnifique cornet en métal argenté et, bien sûr, elle devait apprendre à en jouer à son retour au couvent. On apprit bientôt que le maître de musique employé là-bas ne pouvait pas entreprendre de lui apprendre à jouer de l'instrument, mais qu'un « professeur » pouvait être assuré de sortir de Détroit deux fois par semaine, si on le souhaitait. Nous semblions être prêts à le faire, donc les leçons étaient désirées, et nous nous sommes rassurés avec l'assurance que si Mary ne se révélait pas une excellente récitante , elle se révélerait sûrement une excellente joueuse de cornet. Son talent inhabituel justifierait ma femme dans sa démarche inhabituelle, et la société de Lake City lui pardonnerait d'avoir tenté de placer la jeune fille parmi elle comme une égale. Beaucoup de nos connaissances semblaient adopter le point de vue de leur mère sur l' affaire : « Les choses déplacées deviennent *sales* ! » et Belle a mis tout son courage à convaincre la majorité qu'elle avait fait exactement ce qu'il fallait en disclassant ainsi les gens. Déclasser les gens ? Dans une république libre !

Nous avons reçu des témoignages élogieux sur les leçons de cornet.

"Chère fille !" dit Belle avec enthousiasme. "Il faut qu'elle ait un véritable tempérament artistique pour être si déterminée à exceller dans l'un ou l'autre des arts."

« Elle est dramatique, en tout cas », dis-je, et mon opinion fut confirmée au printemps, lorsque le cornet, et tout le reste, parut avoir pâli la polyvalente Mary. Elle a écrit qu'elle envisageait sérieusement de prendre le voile.

"Bah!" dis-je ; "Qu'est-ce qu'elle cherche maintenant ? Elle veut nous faire peur et nous faire faire quelque chose."

Belle écrivit en privé à la Dame Supérieure, lui disant que si elle considérait que Mary serait une acquisition souhaitable dans leurs rangs , elle n'avait aucune objection à ce qu'elle les rejoigne.

La bonne sœur répondit que Miss Gemmell n'avait pas un grain de l'étoffe dont sont faites les nonnes, que ses penchants étaient tous dans une direction mondaine.

"Aucun espoir de ce côté-là !" J'ai ri, mais Belle m'a reproché de me moquer de Mary en son absence.

Lorsque "Miss Mamie Gemmell" nous rejoignit à Interlaken pour l'été, ses manières de couvent duraient environ deux semaines, puis cédèrent la place à celles d'une fille de la maison gâtée et choyée.

En Amérique, nous sommes habitués au manque de respect et à l'égarement de la part de nos propres enfants, mais remarquer la même attitude chez une petite personne venue de nulle part que nous avons accueillie par charité fait qu'un homme ou une femme est consterné.

"Je ne crois pas qu'elle se soucie personnellement de moi", disait parfois Belle, "mais je dois avouer que je l'aime mieux que la variété grimaçante et flatteuse. Elle s'exprime franchement dans ses exigences impertinentes."

Après une semaine très chaude de juillet , j'ai pris avec joie le train le samedi après-midi pour parcourir les cinq milles jusqu'à Interlaken, et je me suis endormi cette nuit-là, les oreilles pleines du bruit des vagues et des pins ; mon cœur s'est rempli de la satisfaction de savoir que j'avais toute une journée devant moi – un lever et un coucher de soleil à chaque extrémité.

J'ai omis la partie du programme portant sur le lever du soleil , mais entre dix et onze heures, j'étais prêt à descendre la jetée pour observer les baigneurs. Les femmes américaines sont rarement assez rondes pour supporter l'uniforme d'un maillot de bain. Elles vont aux extrêmes : elles deviennent très grosses ou très maigres, mais dans l'enfance, la tendance est à l'excès de minceur.

Je pensais au contraste que nos filles d'été présenteraient avec un groupe de jeunes filles écossaises, même si, bien sûr, je n'ai jamais eu le privilège de voir aucune de ces dernières en robe de bain, lorsqu'une apparition bien ronde, aux reflets bleu ciel et aucun bonnet de bain n'est sorti d'une des maisons en train de se déshabiller. Cette demoiselle s'est dirigée hardiment vers la jetée, au lieu de barboter au bord du sable comme le faisaient les autres, et, arrivant vers la fin, elle a fait une course puis une belle tête dans l'eau d'un bleu profond.

Elle m'avait dépassé trop vite pour être reconnue, mais alors que son visage apparaissait à la surface , je vis qu'il n'appartenait à personne d'autre que notre fille adoptive, car en tant que telle, pour le moment, j'étais heureux de la posséder. Elle secoua l'eau qui coulait dans ses oreilles, tourna davantage sa mèche de cheveux, repoussa les boucles qui menaçaient ses yeux et parut aussi à l'aise que s'il y avait dix-huit pieds de terre, au lieu de dix-huit pieds d'eau en dessous d'elle. .

Il y avait plusieurs jeunes hommes qui nageaient au bout du quai, et ils déclarèrent avec enthousiasme qu'il fallait immédiatement ériger un tremplin pour « Miss Gemmell ». J'ai refusé d'aider à briser le sabbat à cause de telles farces, mais deux jeunes légèrement vêtus et dégoulinants ont surgi des profondeurs et ont réussi à détacher une lourde planche de trois pouces du plancher du quai. Cela a été projeté au-dessus de l'eau, et la belle Mary a été incitée à monter et à exhiber. Je n'approuvai pas du tout, mais pensai qu'il était de mon devoir de rester chaperon jusqu'à l'arrivée de Belle et d'une autre dame, que j'aperçus marchant tranquillement sur la jetée.

Les jeunes hommes sautèrent à l'eau pour faire partie du comité de réception, et Mary chancela à l'extrémité de la planche. On entendit un *craquement fort et suggestif* , et elle sauta dans l'espace en formant un demi-cercle des plus gracieux avant de toucher l'eau ; mais cette horrible planche, à l'instant où son poids fut ôté, s'éleva tout droit dans les airs, me renversa presque du quai, et, avec un gémissement, se glissa à travers l'ouverture d'où elle avait été soulevée, dans les profondeurs en contrebas.

Belle s'est précipitée à mon secours, tandis que l'autre femme restait immobile et criait.

"Personne n'a été blessé !" » cria depuis l'eau un joli garçon qui nageait à côté de Mary et la défiait apparemment à de nouveaux exploits.

"Qui est le jeune homme ?" J'ai demandé à ma femme, étant prêt à changer de sujet après ma propre évasion.

"Tu veux dire celui avec la tête de Burne Jones et les yeux bleus endormis qui est tout le temps rond avec Mary ? Il s'appelle Flaker et il est étudiant en médecine à Chicago. C'est tout ce que je sais de lui." Mais elle était destinée à en entendre davantage, alors que nous étions assis sur la véranda de l'hôtel ce soir-là, de deux vieilles dames à l'intérieur de la fenêtre ouverte et du store fermé.

"N'est-ce pas scandaleux", dit l'un d'eux, "la façon dont Mme Gemmell essaie de pousser cette fille en avant à chaque occasion ?"

"Oui", dit l'autre. "La vieille amitié entre elle et Mme Martin est brisée depuis qu'elle a essayé si fort de mêler Lincoln Todd à elle l'été dernier, et maintenant elle fait de son mieux pour attraper le jeune Flaker."

"Je ne crois pas qu'il ait la moindre idée de qui est cette fille, ou plutôt de qui elle n'est pas."

"Non, en effet, et ses gens seraient dans un excellent état s'ils savaient quel genre de compagnie il tient."

"Qui sont-ils?"

"Tu ne sais pas ? Son père est le Dr Flaker, qui possède ce beau manoir sur le Grand Boulevard, et sa mère appartient à l'une des meilleures familles de New York. Ils sont tous aussi fiers que Lucifer."

"Je pense qu'il est temps que nous rentrions à la maison, David. Les auditeurs n'entendent jamais rien de bon d'eux-mêmes", dit Belle, assez fort pour attirer l'attention des deux dames.

En marchant sur l'herbe séchée au clair de lune jusqu'à notre chalet, j'ai menacé de revenir et de leur dire ce que je pensais, mais ma femme a dit :

"Peut-être que j'avais besoin d'un petit rappel. Je n'ai pas prêté beaucoup d'attention aux événements de Mary cet été. Je dois parler à M. Flaker à la première occasion."

L'occasion s'est présentée avant la fin de la soirée, alors que j'étais dans mon hamac pour animaux de compagnie au coin du chalet et que Belle dans un fauteuil à bascule à l'avant.

"Bonsoir, M. Flaker", l'entendis-je dire. "Je ne pense pas que vous ayez déjà vu l'intérieur de notre cottage. Ne voudriez-vous pas entrer un instant, maintenant qu'il est éclairé ?"

Ce moment le satisfit, car il retourna précipitamment à la véranda.

"Je n'ai jamais vu une aussi belle nageuse que Miss Gemmell", dit la voix masculine, et Belle répondit de manière impressionnante :

"Je crois que vous ne savez pas, M. Flaker, que la jeune femme que vous appelez Miss Gemmell n'est pas ma propre fille."

« Votre belle-fille est-elle, ou la nièce de votre mari ? »

" Ni l'un ni l'autre. Elle n'a aucun lien de parenté, c'est juste une pauvre fille que j'ai prise pour éduquer. Elle sait à peine lire ou écrire. J'ai senti que je devais vous dire cela parce que vous lui avez prêté beaucoup d'attention. "

"En effet, Mme Gemmell, j'admire beaucoup Miss Gemmell ; mais je vous assure que je ne l'ai jamais considérée comme autre chose qu'une agréable connaissance d'été."

Et Mary fut immédiatement abandonnée.

CHAPITRE V.

L , Mary passa chez nous. Son premier souhait exprimé, au retour de la famille d'Interlaken, devait être confirmé, et le Révérend M. Armstrong de l'église que nous ne fréquentons pas en a été dûment informé.

"Il dit que je dois d'abord être baptisé", a déclaré Mary. « Cela vous dérangerait-il s'il m'appelait « Mary Gemmell » ? Il n'y a aucun nom auquel j'ai droit, et je ne veux pas qu'on m'appelle « Mason », parce que c'est le nom de la femme qui m'a maltraité quand j'étais petite. Je préférerais avoir la vôtre.

C'était une jeune personne si pathétique, debout devant Belle dans sa beauté fraîche et innocente, que ma femme n'avait pas le cœur de lui refuser quoi que ce soit.

Quand je suis rentré le soir même, il y avait un *tableau vivant* devant le feu du salon. Vêtue de blanc, Mary était assise sur un tabouret bas aux pieds du révérend Walter Armstrong, les mains jointes sur ses genoux, regardant le visage clérical rasé de près, avec dans ses yeux ce qui passait pour son âme. Malgré son col rond raide et son long manteau noir, le recteur est un jeune homme et j'ai vu qu'il était impressionné.

« Comprenez-vous, Marie, dit-il tendrement, que lorsque vous êtes reçue dans l'Église, vous avez Dieu pour Père et le Christ pour frère aîné ?

"Oui, je comprends, M. Armstrong", répondit sincèrement la jeune fille. « Et c'est exactement ce que j'ai toujours voulu : avoir *des « gens »*. "

Je me retirai en toute hâte dans la salle à manger, où Isabel débordait de nouveaux projets.

« J'ai toujours trouvé le ménage pénible, et cela le devient chaque année davantage à mesure que mes perspectives s'élargissent. Je veux rester dans l'air du temps, mais je n'ai jamais de loisir pour lire, et nos quatre aînés étant des garçons, il me semblait sans espoir pendant des années d'avoir quelqu'un pour me relever.

"Mary est une aubaine", dis-je.

"J'aimerais que tu penses vraiment cela, comme moi. Elle est rapide et adaptable, et je vais lui donner une allocation hebdomadaire et la laisser s'occuper de la maison."

"Qu'en est-il de ses réalisations : l'élocution et le cornet ?"

"Ils peuvent se lever en attendant. Tu sais, Davie," hésitant, "je commence à avoir peur qu'elle n'ait pas une bonne oreille musicale."

"Pourquoi?"

"L'autre soir, quand les Morton étaient là, elle s'est assise et a parlé à Frank Wade pendant tout le temps qu'Eva jouait."

"Ce n'est rien. Tout le monde a fait la même chose."

"Mais pour une fille qui essaie de se faire passer pour une joueuse de cornet, qui pense qu'elle pourrait gagner sa vie en dirigeant une chorale d'église avec un cornet, c'est pour le moins une mauvaise politique."

"Gagnez sa vie ! J'ai demandé à Joe Mitchell, alors qu'il l'écoutait s'entraîner dans la maison d'été, ce qu'il pensait de son jeu, et il a dit qu'elle ferait mieux de s'en tenir à un sou."

"Très impoli de sa part !"

"Non, ce n'était pas le cas. Je lui ai demandé directement si je devais être justifié de payer pour les leçons supplémentaires qu'elle souhaitait, et il a répondu catégoriquement que je ne devrais pas."

"Eh bien," dit Belle avec lassitude, "nous allons essayer de faire le ménage. C'est la véritable vocation d'une femme, selon les idées orthodoxes. Je n'aurais pas dû mettre mon cœur à ce que Mary se révèle être quelque chose d'extraordinaire. Si seulement elle voulait à moitié décent, et aidez-moi à faire le ménage, je serai plus que satisfait.

Le sentiment de puissance donna un nouvel éclat au beau visage de Mary, et son pas dans la maison fut des plus légers au cours de la semaine ou des deux suivantes, mais les garçons se rebellèrent à leur tour.

" *Maman* maman ! Mary a fermé le garde-manger. Devons-nous lui demander la clé chaque fois que nous voulons quelque chose ? "

"J'appelle ça une méchante honte !" de Joe.

"Que faisiez-vous?"

"Nous n'avons rien fait , nous avons juste mangé la tarte qu'elle voulait pour le dessert. Je suis sûr que Margaret n'hésiterait pas à en faire une autre."

"Mary a parfaitement raison, les garçons ; je vous ai trop fait plaisir."

Puis c'est Watty qui s'est plaint :

"Mary dit qu'elle ne nous laissera pas gâcher le salon après l'avoir rangé, et que nous devrons changer de bottes lorsque nous entrerons dans la maison."
Ou Chrissie :

"Mary dit que je suis assez grande maintenant pour garder ma propre chambre en ordre, et elle ne va plus le faire . Elle est pire qu'une grand-mère!"

Ils allèrent chez leur grand-mère avec leurs malheurs lorsqu'ils trouvèrent leur mère si inexplicablement obstinée, mais ils n'y trouvèrent pas beaucoup de réconfort. Même si elle déteste Marie, ma pauvre mère est toujours fidèle aux pouvoirs en place, et elle a dit aux enfants :

"Votre mère sait très bien ce qu'elle fait , et vous n'en avez pas besoin rapide ouais heids tu viens pleurer pour moi ."

Elle est même allée jusqu'à soutenir Mary dans sa suggestion selon laquelle les garçons devraient manger ce qui leur était servi, sans poser de questions.

"C'est comme ça votre fidèle a été élevé . S'il ne finissait pas son parritch le matin , ils lui étaient réchauffés le soir . Vous prenez 'mais un spinfu ' 'et vous pourriez à peine pouvoir' parritch, car ce sont des bêtises puzhionné avec du sucre."

Mary n'aimait pas naturellement les enfants et, étant entrée dans notre famille à l'âge adulte, elle avait du mal à supporter les monstres de nos six, car il n'y avait aucune base d'amour fraternel sur laquelle bâtir la tolérance.

Le ménage de Belle avait toujours été somptueux. Elle commandait ses courses en gros, et une fois les courses terminées, elle ne demandait jamais ce qu'elles étaient devenues.

"Je refuse d'entrer dans les détails : la vie est trop courte ! Je ne sais pas où finit ma patience et où commence ma paresse, mais je préfère être trompé plutôt que de verrouiller les choses ou d'essayer de garder une trace de ce que Margaret gaspille. Elle est ce n'est pas un « général » idéal, mais il n'y en a qu'un sur cent qui supporterait autant les enfants qui bricolent dans la cuisine.

Suivant l'habitude séculaire des balais neufs, Mary fit une tentative audacieuse d'enregistrer chaque article de dépense et ordonna ce qu'elle voulait de jour en jour ; mais il était impossible de calculer l'appétit de quatre garçons en pleine croissance, surtout lorsque, comme l'affirmait Mary, ils se suralimentaient parfois juste pour la contrarier.

« Nous vivons au jour le jour, *pa* pa », disaient-ils lorsqu'une pénurie inhabituelle survenait.

À vrai dire, j'ai commencé à sympathiser avec mes fils révoltants lorsqu'un jour j'ai amené un vieil ami à la maison avec moi pour dîner et je suis allé annoncer le fait à notre « gouvernante ».

"J'aimerais juste que Bob Mansell arrête de venir ici quand on ne l'attend pas. Il n'y a que assez de pudding pour nous-mêmes."

"Mary," dis-je sévèrement, "M. Mansell est venu dans cette maison avant votre arrivée, et il continuera à venir après votre départ, si vous ne faites pas attention."

C'était la première fois que je lui parlais brusquement, et je me flattais d'avoir fait du bien, même si elle leva la tête haute et quitta la pièce.

Belle est arrivée à la conclusion que le programme d'entretien ménager ne fonctionnait pas sans problème et elle a repris les rênes du gouvernement. Mary était toujours censée faire le travail d'une seconde servante, mais il était évident que son cœur n'y était pas.

"Qu'est-ce que Mary veut maintenant?" J'ai demandé à ma femme quand elle prenait sa place habituelle à côté de moi, alors que j'étais allongé sur le canapé avec ma pipe.

"Elle pense qu'elle aimerait aller à la Boston School of Oratory pour se préparer à devenir une lectrice publique."

"Est-il nécessaire qu'elle soit devant le public d'une manière ou d'une autre ?"

"Elle ne semble pas vraiment réussir dans la vie privée."

"De ce point de vue, elle n'est pas pire que la moitié des filles de la ville. Aucune d'entre elles n'aime les tâches ménagères."

"Mais étant donné que cette fille n'a aucun droit terrestre sur nous, on pourrait penser qu'elle pourrait être différente."

"Ne sois pas en colère, Belle, de ce que je dis, mais tu ne dois remercier que toi-même. Tu as toujours tenu à ce que Mary soit comme l'une des nôtres, qu'elle n'ait pas le sentiment d'accepter la charité, et vous n'avez que trop bien réussi. La fille prend comme son droit tout ce que vous faites pour elle et en demande davantage.

"Eh bien, et Boston ?"

"Je pense que ce serait une pure folie de l'envoyer là-bas. Comment savons-nous qu'elle a plus de talent pour l'élocution que pour la musique ?"

"Elle a le désir d'apprendre. Je suppose que c'est un signe de capacité."

"Elle a un désir intense d'admiration, c'est à peu près de cette taille. Être le centre de tous les regards, donner une récitation dans un salon, lui plaît jusqu'au sol, mais il ne s'ensuit pas qu'elle serait une réussite professionnelle."

"J'ose dire que nous avons dépensé pour son éducation à peu près autant que vous vouliez le faire en ce moment."

"Nous l'avons effectivement fait!"

Ma femme et moi sommes très sollicités dans toutes les manifestations sociales de notre ville et, même si je l'accompagne sous protestation, j'avoue que, une fois l'affaire en pleine ébullition, j'apprécie autant que quiconque d'avoir un coup de main à "Pedro". ou une danse.

Les maisons de notre ville sont pour la plupart en bois et pour la plupart neuves, car un incendie annuel maintient la construction à un rythme soutenu. Les planchers et les manteaux de bois franc sont à l'ordre du jour, et si certains de nos bûcherons et leurs femmes ne maîtrisent pas la grammaire anglaise à la hauteur de leurs chevaux, de leurs peaux de phoque et de leurs diamants, ils reçoivent un accueil plus chaleureux qu'un accueil anglais, sauf , bien sûr, pour les invités aux antécédents aussi douteux que notre Marie.

Mme David Gemmell est une femme brillante et pleine d'esprit, même si je le dis, ce qui ne devrait pas être le cas. Mais pourquoi ne le devrais-je pas ? Elle n'a pas hérité de moi son intelligence. Mme David Gemmell a fait comprendre aux principales dames de la ville qu'à moins que Mary ne soit invitée à tout ce qui se passait, nous restions nous-mêmes à l'écart. La société de Lake City ne pouvait pas continuer sans Isabel, alors «l'éléphant blanc» a été reçu dans son train, et en vérité, elle nous a fait honneur en compagnie, si ce n'est nulle part ailleurs. Elle était toujours habillée avec style et sa danse était une joie éternelle. Nous n'avons pas été étonnés lorsque Will Axworthy, le jeune homme le plus éligible du monde, s'est mis en tête de présenter l' allemand à nos citoyens ignorants, qu'il a choisi Mary comme partenaire pour le diriger avec lui. Elle avait des leçons particulières avec lui-même ainsi qu'avec le maître de danse, et Belle et moi étions fiers et heureux de nous asseoir au bord de la salle de bal et de la regarder parcourir les figures et lui accorder ses faveurs avec toute la grâce et la dignité d'un homme. des quatre cents.

"Elle ira à Boston demain, si elle le souhaite", dis-je, mais cette fois Belle s'y opposa.

"Je pense qu'elle va probablement passer un bon moment ici cet hiver, et nous pourrions tout aussi bien la laisser vivre sa aventure."

La prophétie s'est réalisée. Malgré la suprême jalousie des autres filles, qui ne disaient pas assez de choses méchantes sur elle, Mary faisait fureur auprès des jeunes hommes.

Un dimanche après-midi, Will Axworthy m'a appelé. Il est petit et large, a des cheveux roux et une rougeur chronique à peine recherchée dans le quartier McAllister de Lake City. Il s'est installé trop nerveusement dans mon fringant fauteuil à ressort et a donc involontairement présenté les semelles de ses bottes à la famille assemblée, tandis que sa tête cognait contre le mur, pour le plus grand plaisir de nos garçons !

Sans se laisser intimider par ce début peu propice, il revint le dimanche suivant, fuma mes meilleurs cigares et parla du bois, le seul sujet sur lequel il est affecté, car il était directeur d'un moulin ici.

Il est resté dîner ce soir-là et est ensuite allé avec Mary à l'église. Puis il l'a appelée avec un cutter le premier jour ensoleillé et l'a emmenée faire un tour en traîneau. La ride embryonnaire quitta le front de Belle.

"Tu penses vraiment qu'il veut dire quelque chose ?" dit-elle.

"Ne soyez pas trop optimiste à ce sujet. De nos jours, les jeunes hommes accordent beaucoup d'attention aux filles sans rien d'autre en tête que de passer un bon moment."

"Pourtant, Axworthy n'est pas un garçon. Il a trente ans s'il est par jour, et il a un bon salaire, et peut se permettre de se marier quand l'envie l'en prend."

"Espérons et prions pour que cela le prenne bientôt !"

"Amen!" » dit Belle solennellement.

Les frictions quotidiennes avec sa *protégée* devenaient trop lourdes pour la patience bon enfant, même de ma meilleure moitié. Agir selon des impulsions généreuses est très bien, mais elles doivent être soutenues par une grande quantité d'endurance et de tolérance si l'on veut gérer les résultats avec succès.

Depuis mon poste d'observation sur le canapé de la chambre d'enfant, derrière mon écran de journal, j'entends souvent plus que ce que la famille soupçonne.

"Mary, tu ne vas pas à la patinoire ce soir !" » sur le ton le plus implorant de Belle.

"Oui, maman , je le suis. Prête-moi ta clé, Watty."

"Mary, je t'interdis catégoriquement d'aller à la patinoire !"

"Eh bien, je pense que c'est trop méchant pour quoi que ce soit. Toutes les filles de la ville y vont."

"Toutes les filles de la ville ne patinent pas avec un barbier, un musicien ou n'importe qui qui vient, comme vous le faites."

"Watty l'a dit !"

"Watty ne l'a pas dit !" » interrompit notre fils aîné avec une protestation indignée, qu'il accentua encore en sortant et en claquant la porte derrière lui.

"Et, Mary," continua Belle, "êtes-vous fiancée à M. Axworthy ?"

"Non!" d'un air maussade.

"Alors si j'étais toi , je ne le laisserais pas m'embrasser quand il me dit 'Bonne nuit' à la porte après t'avoir ramené d'une fête."

"Tu es démodé. Toutes les filles le font !"

"Aucune *dame* ne permettrait à un homme de prendre une telle liberté. Vous gâchez vos chances avec M. Axworthy, je peux vous le dire. Je n'ai encore jamais connu d'homme qui se lierait à une fille alors qu'il pouvait avoir tous les privilèges de un homme engagé, et aucune des responsabilités.

"Je ne me soucie absolument pas de lui. Je ne veux pas l'épouser. Il me fait juste passer un bon moment."

Un bon moment qu'il lui a sans doute offert tout au long de l'hiver. Aux bals et aux fêtes les plus chics , il était son escorte, et elle portait toujours les roses qu'il ne négligeait jamais d'envoyer. Chaque dimanche, vers le crépuscule, il venait chez nous et, martyrs pour la bonne cause, Isabel, ma mère et moi quittions le salon confortable avec ses fauteuils et son feu ardent pour la crèche – toujours en ébullition avec les enfants ce jour-là.

"Je me demande de quoi ces deux-là trouvent de quoi parler", spécula Belle. "Mary n'a aucune conversation et Axworthy n'a pas grand-chose de plus."

"Peut-être qu'il s'en sort en la regardant. Au fait, Belle, quand vas-tu apparaître dans la nouvelle robe que je t'ai donnée pour les cinquante dollars à acheter ? Je suis assez fatiguée de la robe de thé mauve."

Ma femme a jeté un coup d'œil par-dessus son épaule pour s'assurer que grand-mère n'entendait pas bien.

"La vérité est, Dave, que je pensais que je devais attendre de voir combien il me restait après avoir préparé Mary pour le bal des Robinson. Elle sort si souvent qu'elle a besoin de changer de tenue de soirée."

"Est-ce qu'elle l'a demandé ?"

"Pas directement, mais elle a fait remarquer qu'elle ne voyait pas ce que je voulais avec une nouvelle soie noire, que j'avais plein de vêtements et que quand elle avait mon âge, elle ne pensait pas qu'elle se soucierait de ce qu'elle devait porter . porter."

Je me levai du canapé, prêt à pousser Mary hors de la maison, cou et jabot, mais l'éclat de rire de Belle m'a calmé.

"Son joue est si grande qu'elle passe du ridicule au sublime !"

"Pourquoi supportes-tu cela, Belle ? Tu ne le supporterais pas de la part de quelqu'un d'autre."

"Je ne peux pas vraiment revenir sur elle à ce stade et lui parler de ses affaires. Elle est assez maligne pour le savoir."

"Les gens riraient, c'est vrai !"

"De plus, si elle épouse Axworthy, elle sera notre égale sociale ici dans cette ville, et il ne doit jamais être en son pouvoir de dire que nous ne l'avons pas bien traitée."

« Quelles sont les perspectives avec Axworthy ? »

"Bien, je pense. Il est tout à fait gentil avec elle et il m'a donné de nombreuses indications sur l'état de ses affections, espère que d'ici un autre hiver, Mary aura quelqu'un d'autre pour s'occuper d'elle, et ainsi de suite. Il est toujours surtout de veiller à ce qu'elle soit bien enveloppée, ce qui est très nécessaire, car elle est extrêmement négligente dans ses sorties. Malgré un certain élan physique, elle n'est pas du tout forte, n'a pas de tenue. ".

"Ce ne sera pas très amusant pour Axworthy d'avoir une épouse délicate."

"Eh bien, je suppose qu'il a besoin d'un peu de discipline, tout autant que moi. J'ai eu ma part de Miss Mary ces trois dernières années, et je suis tout à fait disposé à laisser quelqu'un d' autre prendre le relais. Il entre dans cette pièce. chose avec les yeux ouverts. Il connaît son histoire.

"Mais est-ce qu'il connaît son caractère ?"

"Laissez-le découvrir cela, s'il le peut. La plupart des mères ne jugent pas nécessaire de dire aux prétendants de leurs filles comment les filles s'entendent avec elles à la maison."

"Vous dites qu'elle n'a pas de constitution. En supposant qu'il l'épouse, qu'en est-il des enfants possibles ? Qu'ont-ils fait pour avoir Marie pour mère ?"

"C'est exactement la bonne façon de le dire : qu'ont-ils fait ? Nous ne le savons pas, mais ils ont dû s'égarer la dernière fois, si on leur donne un si mauvais départ dans cette incarnation."

Will Axworthy a quitté la ville au printemps. Le bois était produit dans notre région du Michigan et il a dû le suivre plus au sud. Lui et Mary ont correspondu, car j'ai surpris Belle en train de corriger une de ses lettres.

"Pensez-vous que c'est tout à fait juste envers Axworthy ? S'ils se fiancent, la première lettre non éditée qu'il recevra de Mary sera une surprise considérable pour lui."

"Ne dérange pas ta vieille tête, Dave ! C'est moi qui dirige cette chose ! Il a prévu de nous rencontrer à Chicago et espère avoir le plaisir de montrer à Mary l'exposition colombienne. Quelque chose va sûrement se passer pendant que nous y sommes. !"

CHAPITRE VI.

TOUT hiver, nous avions parlé de la Foire, lu des articles sur la Foire, fait des plans pour la Foire ; et Belle déclara que même si elle ne voyait jamais la Foire , elle serait heureuse qu'elle l'ait été, en raison de la quantité d'informations préparatoires qu'elle avait accumulées.

Nous sommes enfin descendus fin juin, tous, y compris Mary, bien sûr, ma première expérience de voyage en sa compagnie. Nous sommes allés à Chicago en bateau, une traversée d'une nuit et, une rare fois, j'ai pu trouver une place pour la famille dans l'hélice surpeuplée. J'avais plaisir à disposer d'une « extension », sorte de coque aménagée entre deux cabines et séparée par des rideaux et des tringles. Les garçons devaient dormir sur des canapés, sur le sol, n'importe où, ce qui pour eux n'était que le début du plaisir.

Le premier de mes travaux herculéens terminé, j'étais en train de fumer ma cigarette à l'arrière dans la fraîcheur de la soirée, quand Belle revint vers moi, le front retroussé dans ce que j'avais commencé à appeler la « ride de Mary ».

"David, j'ai peur que tu doives parler à cette fille. Elle est assise là-haut à l'avant, en train de flirter avec l'un des serveurs, et même si j'ai envoyé Watty deux fois après elle, elle ne bougera pas."

Aussi majestueusement que mes cinq pieds quatre le permettaient, je me suis déplacé vers l'avant du bateau.

"Mary, Mme Gemmell vous veut tout de suite."

Elle prit le temps d'échanger des adieux riants avec le beau serveur, et m'expliqua *en chemin* :

"C'est Bill Moreland. Je l'ai assez bien connu à Lake City. Je l'ai rencontré lors de bals."

Le matin avant notre arrivée à Chicago, elle a réussi à avoir une longue confabulation avec un autre serveur, qu'elle n'avait, j'en suis sûr, jamais rencontré à Lake City, ni ailleurs.

"Regarde ici, Mary ! Si c'est ainsi que tu comptes te comporter, tu retournes directement à Lake City sur ce bateau, et tu ne vois pas un seul morceau de la Foire."

Ses manières se sont améliorées jusqu'à ce que nous soyons à Jackson Park, mais ensuite :

"C'est une philanthrope, Belle, une amoureuse des *hommes* – Garde colombienne, conducteur de char de l'Évangile, Turc du bazar. Les croyances ou la couleur n'ont pas d'importance tant qu'il se considère comme un homme."

Je crains d'être contrarié, car il n'a pas fallu un jour pour réaliser à quel point ce serait une entreprise de garder la trace de ma famille, qui ne m'avait jamais semblé trop nombreuse auparavant. Chaque jour, à 10 heures DU MATIN , dans le Michigan Building, je remettais à Will Axworthy la plus gênante du lot, et chaque jour je souhaitais qu'il la garde pour le meilleur ou pour le pire.

Le 4 juillet, les canonnades commencèrent à l'aube et, pour une fois, je compatis aux objections de ma mère à l'égard de la licence accordée aux jeunes Américains. Ils déclenchent des pétards, non pas par paquets mais par boisseaux ; le kérosène et la dynamite étaient leur ambroisie et leur nectar. Entre se battre pour déjeuner dans des restaurants surpeuplés, puis riposter en leur volant des chaises, fouiller dans les différents stands de Midway pour récupérer mes trois plus jeunes fils quand il était temps de les renvoyer chez eux, et sauver mes deux petites filles d'une offre excédentaire de sodas glacés et de gouttes de chocolat, je n'ai pas particulièrement apprécié le glorieux Quatrième.

Vers le soir, il n'y avait pas un pied de foire qui ne fût décoré d'une peau de banane, d'une croûte de pain ou d'un papier volant. Belle considérait les panneaux « Ne touchez pas à l'herbe » tout à fait superflus, et en en tirant un par les racines, elle s'assit dessus, gardant ainsi la lettre, sinon l'esprit de la loi.

"Maintenant, Dave," dit-elle, "la famille est en sécurité hors du terrain, et tu peux aller chercher une gondole pour venir nous emmener faire un tour avant la nuit. Tout le monde se dirige vers le bord du lac pour attendre le feu d'artifice. , et les lagons ne sont plus aussi fréquentés qu'avant. Faisons comme si nous étions en lune de miel.

Belle est si rarement sentimentale à mon égard que j'ai salué sa proposition avec une indifférence extérieure mais une joie intérieure. Après avoir sécurisé une gondole pour nous seuls, nous y avons été doucement balancés à travers le canal et sous le pont dans la lumière mystique du soir.

Le grondement lointain d'un train sur l'Intra-muros, ou le couac d'un canard endormi parmi les joncs, rompaient seuls le silence.

"C'est là qu'est ma place!" s'exclama Belle. "J'ai déjà vu ces tours et minarets d'aspect oriental, avec la lueur du coucher du soleil sur les masses nuageuses derrière eux. Regardez ! il y a un Turc et un Hindou qui traversent le pont. C'est la région, c'est le sol, le climat. Je j'ai toujours su que je n'étais pas destiné à l'Amérique occidentale. »

"Tu as dû être très méchant *la dernière fois* pour avoir grandi dans le Michigan lors de ce voyage. Et pourtant , ce n'est que Chicago !"

"Ce n'est pas Chicago ! C'est le monde ! Écoutez ça maintenant : la musique des sphères !"

Nous nous approchâmes d'une autre gondole qui s'était retirée du centre du chenal et se rapprochait d'une petite île. L'homme à l'arrière ne faisait rien de très pittoresque, mais l'homme à l'avant, un Vénitien basané, s'épanchait dans un air de « Cavalleria Rusticana ». Sa voix n'avait peut-être pas été retenue à Covent Garden, mais dans le décor unique de la scène, qui comprenait un groupe d'auditeurs enthousiastes derrière lui, on pouvait pardonner une pause sur une note aiguë ou deux.

Le chanteur s'est plongé dans l'esprit de la composition, a levé les yeux vers le haut, la main sur le cœur, et les a repliés vers la terre pour l'approbation de ses passagers. Il n'y en avait que deux, un jeune homme et une demoiselle, et vers cette dernière le héros en costume dirigeait ses regards amoureux.

"Il y a de la romance pour toi !" dis-je à Belle, qui est notoirement à sa recherche. J'ordonnai à notre gondolier de se rapprocher de son compatriote amoureux . Ma femme répondit avec inquiétude :

"Je ne connais pas cet homme, ni ce garçon, car c'est tout ce qu'il est, mais si ce n'est pas le chapeau de Mary..."

"Mary ! Ouf ! Qu'est devenu Axworthy ?"

Alors que nous nous approchions du couple à l'air confortable, Mary s'inclina devant nous en souriant et attira l'attention de son compagnon sur son « père et sa mère » – au diable son impudence !

La promenade en bateau a été gâchée pour Belle et moi, notre éléphant blanc étant apparu pour nous hanter une fois de plus. Nous avons atterri et marché jusqu'au bord du lac, où toute la pente était remplie de gens attendant le début du feu d'artifice.

Quelqu'un a commencé à chanter "Way Down upon the Swanee Ribber ", et tout le monde s'est joint à lui. "Nearer, my God, to Thee" était également le plus impressionnant du vaste refrain impromptu. Au premier plan, le lac Michigan s'étendait dans une attente sombre, avec un gros nuage noir à l'horizon, bien que les étoiles brillaient au-dessus de lui. Un demi-cercle de bateaux s'étendait depuis le long Exhibition Wharf à droite jusqu'au navire de guerre *Illinois* à gauche, et depuis ce dernier un projecteur, un œil omniprésent, balayait la foule d'un regard rapide, jusqu'à ce qu'elle concentre son regard. sur le ballon sombre qui s'élevait si mystérieusement de l'eau. Soudain, à ce ballon furent suspendues les étoiles et les rayures dans des lumières colorées. La foule applaudissait comme une folle, les bateaux sifflaient et lançaient des roquettes à gogo.

programme s'est poursuivi . Les bombes testaient la force de nos tympans fatigués, des serpents enflammés grésillaient dans l'air, de grandes roues jetaient des merveilles brillantes, et tout au bord du lac, au grand inconfort des premiers rangs des étals, une file de combustibles se dressait. comme de gigantesques rampes lors d'une virée.

"David, à ton avis, qui était avec Mary ?"

J'avais été dans les airs avec George Washington, entouré de « Premier en guerre, premier en paix, etc. », en lettres de feu, et j'ai été rappelé sur terre à contrecœur.

"Je n'en ai pas la moindre idée. J'espère qu'elle n'a pas laissé tomber Axworthy."

"J'espère seulement qu'il ne lui a pas échappé. Je ne l'aurais jamais amenée à la Foire s'il n'avait pas accepté de s'occuper d'elle."

À ce moment-là, il y eut un afflux de foule, provoqué par un groupe d'étudiants se frayant un chemin, épaule contre épaule, entonnant l'une de leurs chansons entraînantes. Certaines personnes qui se tenaient debout sur leurs chaises roulantes louées ont échappé de justesse à être jetées sur les épaules de ceux qui les précédaient. Certains ne se sont pas échappés, Mary par exemple, qui s'est posée entre nous comme tirée d'une catapulte.

"Je savais que j'allais tomber, alors j'ai sauté là où je vous ai vus tous les deux", dit-elle avec son calme habituel, puis elle se retourna pour assurer son escorte de la gondole, qui se dirigeait anxieusement du coude vers elle. qu'elle était totalement indemne.

Rougissant joliment, elle présenta le garçon comme étant « M. Tom Axworthy, cousin de M. Axworthy que vous connaissez ».

M. Tom parlait à Mme Gemmell avec l'aisance et l'assurance de quatre-vingt-dix plutôt que de dix-neuf, tandis que j'échangeais quelques mots à part avec la jeune fille :

« Où est le M. Axworthy que nous connaissons ?

"Il avait quelques affaires à faire en ville ce soir, alors il m'a laissé la charge de son cousin, un charmant garçon !"

"Humph ! Vous a présenté d'autres de ses relations ?"

" Oh oui, un oncle ; un assez vieux garçon, mais charmant aussi ! "

"Et je suppose que tu as aussi été avec l'oncle."

— Pas grand-chose. Il devait m'emmener hier dans le ballon, mais le cyclone l'a fait éclater.

"Nous rentrons à la maison maintenant, et je pense que vous feriez mieux de dire 'Bonne nuit' à M. Tom Axworthy et de venir avec nous."

Après avoir attendu deux heures et demie une place debout dans un train de banlieue, nous arrivâmes à l'hôtel de bonne heure le 5 juillet, poussiéreux, tachés de fumée et parfumés de poudre, comme des vétérans d'un champ de bataille.

Ce n'était certainement pas la dernière affaire de M. Tom Axworthy. Pendant le reste de notre séjour à Chicago, c'était lui aussi souvent que son cousin plus mûr et plus éligible qui échangeait de longs adieux avec Mary à l' entrée des dames de notre hôtel, et une grande crainte s'élevait dans le cœur de Belle que le jeune La femme passait son temps avec ce garçon impécunieux, au lieu de profiter de ses occasions pour s'entendre de manière satisfaisante avec son cousin. Chaque matin, elle me regardait pathétiquement en disant :

"J'espère qu'Axworthy fera sa demande aujourd'hui !" et une fois elle ajouta :

"Je ne peux pas affronter un autre hiver dans la même maison avec cette fille et ta mère. Grand-mère s'est mis en tête que Marie est mon agneau de compagnie, l'idole de mon cœur, pour laquelle elle et toi aussi ont été réservées. Elle ne voit pas que cela m'inquiète à moitié de voir Mary me suivre tout le temps et envahir la maison avec ses amants. Aucune de nos propres filles n'est encore assez vieille, Dieu merci, pour se considérer comme ma compagne et égale, de porter mes gants, mes bottes, mes plus belles épingles à cheveux, et d'utiliser mon parfum préféré; de venir s'installer à mes côtés chaque fois que je parle confidentiellement à quelqu'un, d'être déterminée à mettre la main dans chaque tarte, de Je sais ce que je lis ou ce à quoi je pense. Elle insistera ensuite pour connaître mes rêves ! »

"Peut-être que tu la hypnotises."

"Si je le faisais, je l'éloignerais de moi ! Je supporterais tout mieux si je pensais qu'elle tenait vraiment à moi, mais j'ai le sentiment qu'elle ne me considère que comme une base de ravitaillement."

"Nous ne pouvons donc qu'espérer que la base pourra être rapidement transférée à Axworthy !"

Au retour de l'Exposition universelle, la famille s'est arrêtée à Interlaken, mais j'ai dû continuer en ville jusqu'au bureau *d'Echo* . À ma grande surprise, Mary m'a rejoint à mon dîner solitaire à la « Maison aux Sept Pignons », où Margaret, comme d'habitude, était responsable, et elle y est restée pour le reste de la semaine.

"Où est Marie ?" » fut le salut de Belle lorsque je la rejoignis samedi.

"Elle est en ville."

"Pourquoi ne l'as-tu pas amenée avec toi ?"

"Je ne savais pas que tu la voulais. Elle a dit qu'elle aimerait rester à Lake City dimanche pour prendre la communion."

" Prends effectivement la communion ! Elle veut rester seule avec Margaret, pour avoir une chance de flirter avec tous les hommes de la ville. Je pensais que tu avais plus de bon sens, David. "

J'ai tiré mon chapeau de feutre doux plus loin sur ma tête diminuée.

"A-t-elle reçu des lettres ?"

"Un ou deux."

"Misérable ! Je lui ai dit de venir ici avec toi ce soir, c'est sûr."

Lundi matin, ma mère, qui passait l'été avec ma sœur mariée à Lake City, est venue passer une semaine chez nous à Interlaken.

Elle avait hâte que les jeunes ne soient plus entendants pour me raconter son histoire. J'ai dû reprendre en ville le train par lequel elle était venue, mais elle a profité au maximum de son temps.

"Il y a eu de grandes choses dans votre vie choisis en ton absence. Marg'et a raconté à la servante de ta sœur les aventures amoureuses de Mary. Mary lui dit qu'à Esabelle, elle lui demanda d'écrire à Willum Axworthy et de connaître ses intentions ; que si elle ne le faisait pas , Mme Davvit a dit qu'elle le ferait elle-même '. Et la fois où elle correspond avec un jeune ane , un Axworthy tae , et elle dit à Marg'et qu'elle préfère un hape . Le air de votre sœur est offensé de penser à la raison pour laquelle le nom féminin est répandu dans la boue.

Belle est sortie sur la véranda, son large chapeau à la main, prête à descendre avec moi jusqu'au train.

"Donc Axworthy n'a pas proposé à la Foire ?" dis-je lorsque nous fûmes hors de portée de voix de la chaumière.

"Non ; et je pense que c'est vraiment dommage aussi, après la façon dont il s'est approprié la fille tout l'hiver dernier, et à Chicago aussi."

"Un grand soulagement pour vous ! Eh bien, je suppose que toute la ville sait à ce moment-là que vous avez obligé Mary à écrire et à lui demander ses intentions."

"C'est trop ! Est-ce que ta mère——"

"Mary est devenue une *confidente* de Margaret, c'est tout. Cet inestimable domestique est tellement l'un des nôtres qu'il était difficile pour un esprit non averti de savoir exactement où tracer la ligne."

"J'espère qu'elle a fixé la limite en montrant sa réponse à Margaret. Je n'ai pas vu ça moi-même."

" Que peux-tu espérer ? S'il avait voulu épouser cette fille, rien ne l'empêchait de le lui demander, et s'il ne le faisait pas, aucune de tes lettres ne lui donnerait envie de le faire. "

"Elle l'a écrit elle-même, et tout ce qu'elle a dit, c'est qu'elle aimerait savoir exactement quelle était sa position à son égard. Je n'ai fait que corriger l'orthographe."

" Mieux vaut que vous ayez écrit en votre propre nom et à son insu. Aucune fille de la maison n'aurait jamais été mise dans une telle situation. Autant que je puisse en juger, Mary et M. Will Axworthy sont abandonnés. S'il a a passé un bon moment dans sa société, elle a passé un également bon moment dans la sienne, et il n'apprécie pas tant ses lettres que sa proximité.

"C'est un lâche au cœur froid——"

"Tut ! tut ! ma chérie !"

À ce moment- là, nous étions sur le quai, et le moteur reculait pour m'accueillir, moi et les autres travailleurs mécontents, obligés de s'en aller et de laisser derrière eux ce lac bleu saphir.

"Tu ne penses pas, Isabel, qu'il est temps que tu arrêtes d'essayer de jouer à la Providence et que tu donnes une chance à Dieu ?"

"Dave ! tu es blasphématoire !"

"Non, ce n'est pas le cas. Je souhaite seulement remarquer que dans vos plans pour le bien-être d'une personne en particulier, vous avez tendance à négliger le confort et le bonheur de toutes les autres personnes concernées. C'est le pire de ne pas être omniscient. Vous êtes après tout, ce n'est qu'une sorte de divinité amateur.

"Envoyez cette fille ici par le prochain train." Et j'ai obéi.

CHAPITRE VII.

UNE semaine de travail de nuit, puis le dimanche le plus ensoleillé au bord du vieux lac Michigan .

J'ai remarqué que Mary était en profonde disgrâce auprès de ma femme, qui lui parlait à peine, et j'ai jugé par conséquent que M. Will Axworthy n'avait pas été amené à temps.

Je ne suis pas un batelier aventureux et je limite généralement mes sorties aquatiques au plus petit lac, mais ce samedi soir, il n'y avait pas un souffle de vent et l'eau était la placidité personnifiée, alors j'ai dérivé dans ma petite yole à travers le canal qui relie le plus petit avec la plus grande masse d'eau. Sur la pointe sablonneuse qui s'avançait à l'embouchure, sur une vieille souche, était assise une jeune fille solitaire, image du malheur.

"Bonjour Mary!" dis-je en ignorant les larmes ; "tu veux faire une promenade en bateau ?"

"Je m'en fiche si je le fais", répondit-elle en s'asseyant à l'arrière, que je tournai vers elle.

En silence, je me dirigeai vers le grand lac, où le soleil cuivré se couchant dans une brume près de l'horizon nous invitait à nous méfier d'une journée chaude le lendemain. Du lac à droite s'élevait la pleine lune, sans encore faire sentir sa douce influence sur la lueur radieuse que le soleil laissait derrière lui.

"Alors Axworthy s'en est pris à toi, Mary ?"

Les fontaines jouaient à nouveau.

"Oui; et ce n'est pas non plus la première fois que je pars."

Avec Mme Mason, la famille Ferguson, Lincoln Todd et le jeune Flaker dans mon esprit, je pouvais sincèrement souscrire à cette remarque.

« Pourtant, cela pourrait bien être votre façon de devenir à long terme. »

"Je ne me brise pas le cœur à cause de Will Axworthy; je m'en foutais de lui, seulement j'avais l'habitude de l' avoir avec moi, et je l'aurais épousé s'il me l'avait demandé. Je pensez davantage à son cousin.

"Le garçon que nous avons vu à la Foire ?"

"Oui. Il m'a écrit une jolie lettre. Pourriez-vous me la lire à voix haute ? Certains des grands mots que je n'ai pas pu comprendre, et Margaret non plus. Je lui ai écrit tout moi-même !"

Jamais auparavant il ne m'était arrivé de jouer au père confesseur d'une dame en difficulté amoureuse, mais l'esprit éditorial est à la hauteur de toute urgence, alors j'ai laissé glisser mes rames et j'ai ajusté mes lunettes de lecture pour parcourir la précieuse épître de Marie.

Quand j'ai lu la signature. "Votre amant dévoué 'Tom'", le visage de Mary était radieux.

" N'est- il pas intelligent ? Vous savez qu'il était à la Foire, en train de faire un reportage pour un journal. "

" Cela explique sa légèreté. N'ayez rien à voir avec lui, Mary. Il essaie juste de vous attirer. Le chien brûlé devrait redouter le feu. "

"Mais il m'admire, n'est-ce pas ?"

"Il le dit, mais il tient beaucoup plus à ce que vous l'admiriez. Eh bien, cela fait partie de son affaire de garder sa main en étant amoureux, ou plutôt en ayant une petite idiote de fille amoureuse de lui. Vous vous retrouverez encore une fois si vous encouragez ce jeune coquin. »

Avril averse encore une fois.

"Je pense que la meilleure chose que je puisse faire est de sauter par-dessus bord ici dans le lac Michigan. Il ne me semble pas que je sois recherché nulle part ."

"Cela pourrait très bien fonctionner, mais vous êtes trop bon nageur pour vous noyer facilement, et vous vous accrocheriez à mon bateau et me bouleverseriez. Je ne sais pas nager un seul coup, et il y aurait cinq à six jeunes Gemmells . et une veuve et une mère jetées sur le monde. Non, nous devrons penser à quelque chose de mieux que cela.

Le rire de Mary était toujours rapide, juste après ses larmes.

« À quoi penses-tu que je sois bon, de toute façon ?

"Je peux témoigner que vous n'êtes pas une bonne femme de ménage."

"Ni une nourrice."

"Et en tant que compagnon de dame, vous n'êtes pas tout ce qu'on pourrait désirer, même s'il y avait une demande pour cet article dans l'ouest du Michigan."

"En tant que compagne d'un gentleman, je vais bien", et la jeune fille montra ses dents parfaites dans un sourire.

" Ce n'est pas une plaisanterie, Mary. Vous n'êtes pas très heureuse dans notre maison, et les choses seront pires pour vous l'hiver prochain, sans Will Axworthy venant vous voir, et sans fiançailles en perspective avec lui. Qu'en pensez-vous vous-même ? " pour lequel tu es apte – mettre hors de question la récitation et le jeu du cornet ? »

La jeune femme posa son menton sur la paume de sa main et composa son visage dans une expression envoûtante de profonde méditation.

"Je ne peux pas enseigner, ni coudre, ni cuisiner. Je ne pourrais pas supporter de rester assise toute la journée devant une machine à écrire, et il n'y a pas de place dans le bureau du téléphone. Vous savez très bien qu'il n'y a pas de place dans le bureau du téléphone . " C'est une chose que les filles comme moi peuvent faire, mais se marier. C'est pourquoi Dieu nous a rendus jolis, afin que nous ayons de bonnes chances. "

"Ne soyez pas désinvolte, mademoiselle. Comment pensez-vous que vous aimeriez devenir infirmière dans un hôpital ?"

"Je ne sais pas , ça ne me dérangerait pas d'essayer. Je suis généralement gentil avec les gens - quand ils sont malades - et je n'ai pas du tout peur des sales ni des morts. J'ai exposé une vieille femme morte au Refuge. "

"Vous n'avez pas la peau particulièrement fine, c'est un fait ; mais c'est le diplôme qui me ferait peur. Il y a une sorte d'examen à passer avant de pouvoir entrer dans l'une de ces écoles de formation de nos jours. Je vais écrivez pour obtenir des formulaires de candidature, et nous verrons. Si une fois vous étiez capable de subvenir à vos besoins, vous penseriez très différemment à l'idée d'épouser quelqu'un qui se présente, juste pour le bien d'un foyer. Le nôtre n'est peut-être pas très intéressant. une pour toi, mais marie-toi pour t'en sortir, et tu te retrouveras peut-être de la poêle au feu.

"Je pense que ce serait tout simplement charmant d'être infirmière ! Il y en a une qui est venue de Chicago quand Mme Wade était malade, et l'uniforme était terriblement joli. Je suis sûr qu'il m'irait bien."

"Ce serait très convenable, je n'en doute pas ; et quand tout sera réglé sur votre intention d'aller à l' hôpital , vous pourrez écrire en réponse à la dernière lettre de Will Axworthy."

"Il voulait quand même que je continue à lui écrire ; il a dit qu'il aimerait toujours être de bons amis avec moi."

"Je ne lui écrirais qu'une fois de plus, et je ferais tout seul. Dis simplement que la raison pour laquelle tu as écrit l'autre lettre, demandant comment tu étais avec lui, c'est que tu avais pensé à nous quitter complètement, mais avant de prendre l'étape décidée d'entrer dans un hôpital, vous aviez pensé qu'il était juste de lui donner la possibilité de s'y opposer, s'il avait réellement les objections qu'il vous avait amené à tenir pour acquises.

Nous avons entendu des cris et des sons de cornes de fer blanc sur la plage à ce moment-là. J'ai pris les rames et je suis rentré, voyant Belle et les garçons agiter leurs chapeaux au clair de lune. Le visage de ma femme exprima le plus grand étonnement lorsqu'elle vit qui était mon compagnon de bord.

"Nous pensions que tu devais t'endormir là-bas. Je ne savais pas que tu avais de la compagnie !"

Mary était encore dans les livres noirs lorsque je suis arrivé le samedi suivant. Belle se plaignait amèrement.

« Elle est restée assise là tout l'après-midi d'hier et une partie de la soirée, écrivant et réécrivant une lettre sous mes yeux. « Répondez-vous à Will Axworthy ? " J'ai demandé très cordialement, car je voulais vraiment contribuer à répondre à cette lettre - j'avais préparé quelques phrases tranchantes pour lui. " Oui, maman , " dit-elle très brièvement ; " mais je suppose que je peux me débrouiller toute seule. .'"

Je n'ai pas osé me conformer aux conseils que je m'étais donnés, mais j'ai compris qu'il fallait hâter les choses. Ayant des affaires à Chicago à cette époque, j'ai visité presque tous les hôpitaux de la ville, racontant l'histoire de Mary dans mon style de journal le plus dramatique. Je lui ai fait comprendre qu'il était très noble et plein d'abnégation de la part d'une jeune femme, alors qu'elle pouvait vivre dans le luxe (car c'est ainsi que je décrivais sans rougir mon modeste établissement), d'embrasser la vocation et le travail d'infirmière pour le bien de l'humanité, y compris d'elle-même, bien sûr. L'inconvénient était partout l'éducation – ou son absence –, ainsi que la jeunesse du candidat, vingt-cinq ans étant un âge plus acceptable qu'à peine vingt et un ans.

Mais ma persévérance fut enfin récompensée lorsque je trouvai le directeur d'une école de formation qui avait encore un peu d'imagination et qui s'intéressa profondément au « récit de malheur » de Mary.

"Faites-lui étudier la lecture, l'orthographe et le calcul aussi durement que possible pendant les prochains mois, et je l'aurai dès le premier cours."

Cette perspective réveilla la vigueur d'antan de Belle, et elle fit des jeux d'orthographe pour le bénéfice de Mary, lui fit lire à haute voix, lui donna une dictée pour écrire et lui écouta les tables de multiplication tous les matins - sans oublier.

Par un délicieux matin d'octobre, j'ai eu l'honneur d'emmener notre *protégée* à Chicago et de la livrer à la surintendante. Si seulement elle pouvait supporter le mois de probation, nous nous flattions qu'elle serait en sécurité.

Trois semaines plus tard, j'ai rencontré le révérend M. Armstrong dans la rue.

"Je pense qu'il est juste de vous dire ce que disent les gens", a-t-il déclaré.

"C'est mon affaire de savoir", répondis-je.

"Je veux dire à propos de votre fille adoptive. Deux personnes réputées m'ont dit, l'une après l'autre, qu'elle avait été renvoyée de l'hôpital pour flirt, et que vous et Mme Gemmell étouffiez l'affaire aussi bien que vous. tu peux, mais tu ne sais pas du tout où elle est.

Quand je suis rentré chez moi, ma première question était :

"As-tu des nouvelles de Mary récemment, Belle ?"

"Pas depuis une semaine, et je suis assez inquiet pour elle. Avant cela, elle m'écrivait consciencieusement tous les deux ou trois jours, me racontant son travail. J'ai quand même continué à lui écrire, en m'excusant. pour elle, sans jamais douter d'elle une seule minute ; mais pour vous dire la vérité, Dave, je deviens terriblement anxieux. »

Puis je lui ai raconté ce que j'avais entendu.

"Ne le crois pas, David ! Je ne le croirai jamais tant que je ne l'aurai pas entendu d'elle-même. Je sais maintenant avec certitude que j'aime cette fille ! Je la croirai avant tout le monde ! Je resterai à ses côtés jusqu'au bout. et maigre ! Je ne l'insulterai pas en écrivant à l'Hôpital ! Qu'importent maintenant les petits inconvénients de vivre avec elle ? Qu'est-ce que quelques vêtements et articles de toilette, plus ou moins, y ont à voir ? Si elle a échoué, elle Je reviendrai *à la maison* et nous recommencerons le combat de trois ans. Je vais m'asseoir maintenant et lui écrire la plus belle lettre que je puisse écrire.

Cela semblait très courageux, mais intérieurement, je savais que ma femme souffrirait les jours suivants.

« Peut-être que si j'avais fait ceci, disait-elle, ou si j'avais fait cela, cela ressemble précisément à une mort, et je l'ai tuée.

Mardi matin, deux lettres sont arrivées de Mary. Ils ont été écrits à la hâte et avec enthousiasme.

"Ma chère et bonne mère, je suis acceptée ! C'est le jour le plus beau de ma vie ; ce sera un jour de lettre rouge pour toi ! Je t'aime. J'ai tellement essayé pour toi ; j'ai essayé de faire entendre ma vie une longue prière et le cher Seigneur m'aide. Je n'ai pas écrit parce que l'examen. a été retardé , et je voulais attendre d' avoir quelque chose *de bon* à te dire. Je suis jolie en uniforme . Il est rose et avec une casquette blanche, tablier et poignets. Oh , je suis si contente ; ce travail est si enrichissant. Je ne me sens jamais seule ni avec le mal du pays. *Nous*, les infirmières, avons fait une fête, et nous avons dansé et servi des glaces, et il y avait de charmants médecins ici, et le directeur est tellement gentil avec nous, nous nous amusons beaucoup »- et ainsi les lettres continuaient.

La réaction fut trop forte pour Belle. Elle a pleuré, puis elle a ri, puis elle est tombée à genoux et a remercié Dieu, et elle m'a dit qu'elle a ajouté que, par pitié, il *devait* confier à ses anges la garde de Marie, car elle était une enfant pauvre et fragile, qui avait perdus en venant cette fois, et beaucoup la persécutèrent parce qu'elle était jolie et qu'elle pourrait trouver un lieu de repos et obtenir un peu de ce qui leur appartenait de droit (?).

Au bout d'un moment, elle descendit voir M. Armstrong et lui lut les lettres. Il est devenu très blanc.

"Oh, c'est dommage!" a-t-il dit.

"J'aimerais pouvoir rassembler ses calomniateurs dans une seule pièce et leur lire ces lettres", a déclaré Belle.

Pendant des jours, elle a bousculé les gens dans la rue pour leur parler de Mary ou pour leur lire des bribes de ses lettres. S'ils avaient dit qu'elle était vaniteuse et oisive, égoïste et incompétente, tout comme la moitié de leurs propres filles, Belle aurait pu leur pardonner. C'est leur détermination à la jeter dans le caniveau qui a fait de ma femme sa vaillante championne.

"Peu importe ce que représente cette fille, Dave, naîtra de notre foi en elle, et nous ne devons jamais revenir sur elle. Elle m'écrit que chaque fois qu'elle a une tâche difficile, comme assister à des crises, je me tiens derrière elle et aide."

"Mais entre nous, tu dois avouer que c'est un grand soulagement de l'avoir loin."

"Vous ne pouvez pas commencer à ressentir cela comme je le fais. Je revis ! Je lis mes propres livres, je pense selon mes propres pensées. Je m'appartiens. Personne ne dit : 'Qu'est-ce qu'il y a ?' 'Où vas-tu?' « Qu'est-ce qui vous rend grave… ou gay ? Je m'assois et discute avec mon « poisson étrange ». Je vais à toutes sortes de réunions et je discute de toutes sortes d'ismes, et je n'ai pas de queue qui me demande constamment « Pourquoi ? » 'Pourquoi?' ou "Dis-moi!" Ce sont les petites choses qui me gênent. La prochaine fois que j'essaierai d'aider une jeune fille, je ne risquerai pas de perdre mon influence auprès d'elle en l'emmenant chez moi. Tu sais, Dave, j'ai parfois l'impression que Mary a dû être ma propre enfant dans une incarnation précédente, et je l'ai négligée et maltraitée ; c'est pourquoi elle m'a été renvoyée cette fois, que cela me plaise ou non.

Après Noël, Isabel décida qu'elle devait se rendre à Chicago pour voir Mary et, à son retour , le récit qu'elle fit de ses expériences fut passionnant, notamment sa participation à une autopsie - mais je ne m'étendrai pas là-dessus.

En se présentant au directeur de l'école, elle a déclaré :

"Puis-je avoir Miss Gemmell pendant deux jours à mon hôtel ?"

"En effet, non, madame. Nous manquons d'aide, et ce serait totalement contraire aux règles."

"Alors je resterai ici avec elle."

La surintendante avait l'air affligée.

"Ne nous pensez pas inhospitaliers, mais il n'y a absolument aucune disposition pour les invités dans tout ce grand bâtiment."

"Oh!" dit Belle, sans vergogne. "Il semble que j'ai eu la malchance d'enfreindre, ou de vouloir enfreindre, les règles de cette maison. Maintenant, pourriez-vous me dire gentiment ce que je peux faire ? Comment puis-je voir le maximum de ma Mary pendant que je suis à Chicago ?"

Après réflexion, la réponse est venue :

"Vous pouvez recevoir Miss Gemmell demain après-midi et dimanche dans deux heures."

" Cela ne me conviendra pas du tout ! Maintenant, s'il vous plaît, oubliez tout ce qui a été dit, et je vous dirai que moi, Mme David Gemmell de Lake City, Michigan, je suis une pauvre femme fatiguée, menacée de prostration nerveuse, j'ai déjà des frissons. d'appréhension me parcourant le dos, couplée à des bouffées d'attente dans ma tête. À ce moment-là, Mary, la surintendante et deux autres infirmières présentes étaient toutes à l'attention, et Belle ajouta gravement :

"Je veux l'une de vos meilleures chambres privées dans le couloir B, où Miss Gemmell est de service, et j'aimerais voir le chirurgien de la maison immédiatement."

donc confortablement et luxueusement installée à l'hôpital, et le seul inconvénient était qu'elle devait se faire servir ses repas dans sa chambre.

"Quelles fêtes nous avons eues, Mary et moi", dit-elle. "Quel plaisir ! Avant de partir , j'avais démoralisé tout le personnel de l'hôpital et enfreint toutes les règles de l'établissement. Cela leur avait fait du bien à tous."

"J'espère que vous n'avez pas été indiscret", dis-je.

"Indiscret?"

"Tu dois te rappeler que Mary s'est préparée à aller à l'hôpital quand elle était "sortie" avec toi. Maintenant tu es partie et tu as tellement fait d'elle qu'elle pensera que, chaque fois que les choses deviennent trop chaudes pour elle, elle a seulement pour revenir directement ici.

"Elle m'assure qu'elle *obtiendra son* diplôme."

"Il ne devrait jamais être question de cela."

"David, je ne t'ai parlé que d'un côté. Si cette fille était la mienne, je la tirerais de ce feu particulier. Je me mettrais à genoux et lui demanderais pardon de l'avoir jetée dedans. brûle leur jeunesse, leur épanouissement, leur originalité, leur pudeur. Cela jette les filles dans un charnier de péché, de maladie et de mort. Cela brise le système nerveux de neuf sur dix, ou cela les laisse calmes, stables, brûlées. -des femmes qui ont été dans les coulisses de la vie et qui sont désillusionnées. Quand cette petite chose rose et blanche s'est assise là et m'a raconté certaines des situations horribles dans lesquelles elle avait été placée et dont elle a été rendue responsable, les larmes ont coulé sur mon visage. Je lui ai pardonné beaucoup de choses.

"Beaucoup de femmes raffinées et instruites avec une éducation très différente de celle de Mary vivent la même chose."

"Eh bien, je lui ai conseillé de continuer et de terminer le cours, ne serait-ce que pour montrer à ses amis et à ses ennemis de quoi elle est faite. Quand je pense à ces pupilles gratuites et aux bureaux subalternes et dégoûtants que doit assumer cette frêle petite fille . " Qu'a-t-elle semé pour récolter ce combat au plus fort du combat, si mal équipée ? "

"J'ose dire qu'il y a des allégements."

" Oh, oui ! Elle flirte – dit qu'elle mourrait si elle ne le faisait pas – avec tous les hommes présents, du garçon d'ascenseur au médecin-chef, et, vraiment, je l'ai excusée. L'infirmière en chef du service de Mary est très dur avec elle, mais je lui ai fait comprendre, ainsi qu'à tout le monde ici, que Miss Gemmell n'est pas une fille errante sans influence pour la soutenir. Chaque jour, j'envoie des ondes de pensée – de l'hypnose – comme vous voulez l'appeler – pour contraindre ce Dean femme de penser à autre chose que la création d'infirmières qualifiées et d'épaves physiques en même temps. Les gens sont plus grands que les institutions.

"La discipline sera la création de Marie."

CHAPITRE VIII.

D DE la célèbre grève Pullman de l'été dernier, le devoir m'a demandé de passer à Chicago dans l'intérêt de l' *Echo* . Le samedi après-midi 7 juillet, j'étais au cœur du mouvement anarchiste, à l'angle des rues Loomis et de la 49e rue. Prenant place dans l'entrée profonde d'une « Maison à louer », j'ai observé les opérations d'un corps de grévistes rassemblés autour d'un wagon couvert près du passage à niveau du Grand Tronc. Ils l'avaient incendié et essayaient de le renverser sur la voie ferrée, encouragés par les acclamations d'une foule d'environ deux mille hommes, femmes et enfants.

Les incendiaires étaient tellement absorbés qu'ils n'aperçurent pas, reculant rapidement sur eux, le train de démolition qu'ils avaient pour but de bloquer. Alors qu'ils étaient encore en mouvement, les wagons déversèrent le capitaine Kelly et sa compagnie, qui avaient gardé toute la journée les voies de Pan Handle, mais qui n'avaient pas encore, semble-t-il, gagné leur nuit de repos.

La foule a accueilli les soldats avec des pierres, des briques et des vieux morceaux de fer, mais les pompiers ont continué leur petit travail, ne prêtant aucune attention à l'approche des militaires.

Une balle de pistolet provenant de la foule s'est abattue sur ses hommes, puis le capitaine Kelly a donné l'ordre de tirer. Lorsque la fumée de la volée s'est dissipée, j'ai vu les gens immobiles, choqués et muets de surprise. Une seconde plus tard, se rendant compte que le ver avait eu l'audace de se retourner, ils poussèrent un mélange de cris et de rugissements et se rapprochèrent de la poignée de soldats, pour être accueillis à la pointe des baïonnettes.

La masse hurlante de l'humanité s'est dispersée, s'est réfugiée dans les ruelles et les maisons, mais, reprenant courage, est apparue ici et là par sections, pour être de nouveau assaillie par les soldats et la police. Ces derniers durent se battre seuls au bout d'un moment, car les militaires remontèrent à bord du train de démolition, et l'ingénieur, complètement « secoué », ouvrit la manette des gaz et les emmena vers l'ouest, laissant derrière eux une douzaine de policiers armés de revolvers. pour faire face aux assauts d'une foule qui comptait désormais cinq mille personnes.

La presse abuse de la police par principe, mais, voyant cette rencontre héroïque, j'ai hésité à tenir ma promesse faite à Belle de ne pas courir de danger. Alors même que j'hésitais, des « wagons dépêchés » sont arrivés avec des renforts des commissariats voisins, et la foule n'a alors pas pu se disperser assez rapidement. C'était un spectacle désespéré : des hommes se renversant dans leur hâte de s'enfuir, et les femmes qui les encourageaient, hurlant et gémissant maintenant comme des folles. Une des pauvres créatures fut touchée à la cheville par une balle, et sa chute dans le caniveau fut trop lourde pour ma vertueuse résolution. Même si c'est une Polack sale et hurlante, un homme n'aime pas voir une femme renversée, alors j'ai quitté le seuil de ma porte et je suis allé aider la dame à se relever. Constitutionnellement, je ne suis pas un homme courageux, mais j'ai complètement oublié les balles volantes jusqu'à ce que l'une d'elles me touche le genou, et je suis tombé, me cognant la tête contre la bordure. J'ai dû être abasourdi, car lorsque j'ai rouvert les yeux, la rue était vide, à l'exception d'un véhicule tonitruant qui se précipitait droit sur moi.

Au début , je crus que c'était un fugitif, car le cheval avait la bouche écumée et les yeux injectés de sang ; mais non, il y avait un homme, ou un démon, avec une lueur sauvage similaire dans les yeux, poussant la brute vers moi, tandis qu'il faisait retentir un gong pour garder tout hors de son chemin. Tout cela, je l'ai vu en un éclair, et en un éclair aussi, le conseil donné par le président Cleveland dans sa proclamation aux non-combattants de se tenir hors de danger m'est venu à l'esprit.

Je me suis retourné sur le côté avec la certitude écoeurante que l'instant d'après les sabots et les roues seraient sur moi, mais le cheval s'est redressé sur ses hanches à mes pieds, le râle et le cliquetis ont cessé, et un médecin en manches de chemise est apparu comme par magie.

C'était une ambulance, bien sûr.

Je me suis évanoui lorsqu'ils m'ont soulevé et je n'ai repris mes esprits qu'à l'hôpital – l'hôpital de Mary et sa salle. Tout le monde à Chicago était bondé cette semaine-là et la semaine suivante, mais – le principe dominant étant fort dans la mort – j'ai refusé d'être enfermé hors de portée des yeux et des oreilles dans une pièce privée.

« Voulez -vous que je fasse dire à Mis' Gemmell de venir ? demanda Mary, et je répondis somnolent :

"Non, ne le faites pas. Il vaut mieux qu'elle se tienne à l'écart du danger. Elle sympathiserait sûrement avec les grévistes."

"Mais elle se demandera où tu es."

"Elle ne peut pas arriver ici en toute sécurité, dans l'état actuel des choses, et les courriers sont tous bouleversés. N'écrivez pas. Envoyez un télégramme en mon nom. Rendez-vous à Chicago et dites-lui que je suis détenu, mais que je vais le faire." rentrez chez vous lundi, bien sûr.

Cette même nuit, j'étais parti avec une forte fièvre. Il m'a fallu des jours et des jours avant de reprendre mes esprits, et j'étais alors trop faible pour demander ou me soucier de comment tout se passait à la maison. Tout mon intérêt pour la vie était concentré sur cette salle d'hôpital et, les yeux mi-clos, je restais allongé là et prenais inconsciemment des notes.

Cela peut sembler une vie idéale pour les étrangers, mais il y a autant de tiraillements, autant de jalousie et de scandales dans l'enceinte d'une de ces grandes institutions que partout ailleurs sur cette planète. C'est un exemple de la bataille mondiale, et les combattants s'y affrontent au corps à corps.

L'infirmière Dean, la chef de notre service, grande et anguleuse, aux traits sévères et froids, était le dragon dont Belle m'avait parlé, mais elle connaissait son métier, et pour ma part, je préférais qu'elle me considère simplement comme un être humain. une machine en attente de réparation. Je ne l'ai même pas trouvée trop sévère envers Mary, après l'avoir entendue donner à cette demoiselle « Hail Columbia » pour sa négligence d'avoir administré le mauvais médicament pendant toute une matinée au numéro neuf – qui était moi-même.

Si je n'avais pas fait une faible protestation en sa faveur, « l'infirmière Gemmell » aurait été renvoyée sur-le-champ.

Je ne veux pas donner l'impression que Mary n'avait pas en elle la qualité d'une assez bonne infirmière. Elle avait le pied léger et la main rapide, et j'aimais qu'elle fasse des choses pour moi ; trouva son *aura* agréable, comme Belle l'aurait exprimé. Comme beaucoup de personnes à moitié instruites, elle était très observatrice, mais, autant que je puisse en juger, elle avait un œil sur son travail et l'autre à l'affût des flirts. Je me suis beaucoup intéressé à certains d'entre eux.

Il y avait le violoneux allemand dans le lit voisin du mien, qui ne pouvait pas détourner ses yeux de Mary chaque fois qu'elle entrait dans la salle, et une fois, alors que l'infirmière Dean n'était pas en service, elle sortait son cornet plaqué argent pour « sonner » un peu pour lui, il déclara que c'était la musique la plus ravissante qu'il ait jamais entendue de sa vie !

Je soupçonnais fortement que le jeune artisan mou de l'autre côté de moi allait parfaitement bien pour être renvoyé, mais il ne pouvait pas se préparer à se séparer de Mary. Puis il y avait un jeune médecin dont je reconnaissais vaguement le visage, mais cela fatiguait trop ma pauvre tête d'essayer de penser qui il était. Lui et Mary ont eu de nombreuses discussions à mon chevet sur leurs propres affaires. Un soir, j'ai entendu le son indubitable d'un banjo et j'ai réussi à me retourner assez loin pour voir que ce même médecin jouait un accompagnement à la très belle imitation d'une danse de jupe que Mary faisait dans le couloir.

Cette vue me ranima tellement que je ris tout haut, et Mary s'avança précipitamment, rougissante, le doigt sur la lèvre. L'uniforme rose et blanc lui allait en effet à merveille, et je ne fus pas surpris de remarquer une vive admiration dans les yeux bleus endormis du jeune chirurgien interne. Où avais-je déjà vu cette « tête de Burne Jones » ?

"Vous ne semblez pas vous souvenir de moi, M. Gemmell", dit le propriétaire en lui tendant la main. "Je m'appelle Flaker. J'étais à Interlaken l'été dernier."

« Vous êtes un médecin à part entière maintenant ? »

"Oh, oui, mais je m'entraîne pendant un an ici, avant de m'installer moi-même."

Des nuances de matrones d'hôtel ! S'ils entendaient cela, ils diraient probablement que Mary avait été envoyée ici exprès pour l'attraper.

Pauvre Marie ! Elle avait son propre rang à biner. Elle est venue me voir en larmes un soir parce que l'infirmière Dean l'avait poursuivie toute la journée pour une chose ou une autre.

"Je ne suis jamais assez exigeant pour lui plaire. Sans le Dr Flaker , je ne resterais pas ici un autre jour."

"Tu l'aimes plutôt bien, hein ?"

"Eh bien, et il a tout rompu avec moi; il dit qu'il était aussi à Interlaken, mais il ne pouvait rien dire , parce qu'il n'était pas majeur. Ses parents sont terriblement hautains."

"Ils auront leur discipline", pensais-je.

"Au fait, Mary, ça fait combien de temps que je n'ai pas été amené ici ?"

"Deux semaines aujourd'hui."

Je sautai presque hors du lit, surpris. "Pourquoi ne me l'as-tu pas dit ? Aucun message n'a été envoyé à Lake City ?"

"Aucun depuis ce premier télégramme. Je n'écris plus très souvent à votre femme maintenant, mais quand je l'ai fait, je n'ai jamais rien dit de grave à propos de votre présence ici, parce que vous m'avez dit de ne pas le faire."

"Et tu n'as pas eu de réponse ?"

"Il y a là une lettre de Mis' Gemmell pour vous. Je ne sais pas comment elle a pu découvrir votre adresse. L'infirmière Dean a dit que je ne devais pas vous la donner si vous étiez un peu fiévreux . "

"Allez-y tout de suite, Mary, ou je me lève et marche sur le sol", et la jeune fille m'a apporté ce document remarquable. Il n'y avait ni début ni fin, mais il allait droit au but d'un coup.

"Je sais tout ! Vous avez ri de mes tendances occultes, vous êtes moqué de ma Théosophie, mais je peux maintenant, hélas ! vous donner une preuve convaincante du pouvoir de pénétration de l'un, du pouvoir de maintien de l'autre. Je suis devenu si nerveux face à votre silence et absence continus que j'ai fait ce que je t'avais promis de ne pas faire - je suis sorti dans mon astral pour te chercher - et je t'ai trouvé ! Dieu merci, je n'avais jamais essayé ! Ce n'est pas ma santé qui est ruinée, mais mon mon cœur et mon bonheur. Pour être doublement sûr, j'ai psychométrisé la seule lettre que j'ai reçue de Mary depuis des semaines. Elle a été assez rusée pour ne pas mentionner votre nom, mais le témoignage tacite était le même. Penser que vous, entre tous les hommes... mais je ne vous en veux pas ! Je suis descendu au bureau d'*Echo* , le cœur brisé de désespoir, et j'ai menti pour expliquer votre absence, pour faire avancer les choses jusqu'à ce que vous jugeiez bon d'envoyer votre propre explication. J'ai jeté de la poussière aussi aux yeux de la famille, jusqu'à ce que vous me disiez votre volonté à leur sujet. Non, je n'ose pas vous en vouloir ! N'ai-je pas moi-même poussé la jeune fille dans votre vie, et les meilleurs d'entre nous ne sont que des êtres humains. C'est du Karma ! J'ai mérité ce coup pour un de mes propres péchés antérieurs, et je baisse la tête devant ce coup. Votre propre récolte sera tout aussi certaine, même si elle est longtemps retardée. Ô David, David ! Je peux regarder en arrière maintenant et voir le tout début de votre intérêt pour Mary – mais cela devrait se terminer ainsi – que vous devriez voler de moi vers elle... »

Après avoir lu jusqu'ici, j'ai éclaté de rire hystérique, et il a fallu Mary, son amant et l'infirmière Dean, et combien d'autres je ne sais pas, pour me retenir au lit. Bien sûr , j'ai eu une rechute et ma vie était désespérée, mais je ne voulais pas, dans mes moments raisonnables, permettre à Mary d'écrire ou de faire venir Isabel. J'imaginais les rues encore pleines de grévistes émeutiers, et le courrier et les trains toujours désorganisés. A l'éveil comme dans le délire, "Gardez-la hors de danger !" J'ai crié : « Je rentrerai à la maison demain, bien sûr », mais ce fut une longue journée qui m'a vu sur le bateau à destination de Lake City.

Mary voulait m'accompagner, car j'étais encore très faible et je devais marcher avec une canne à cause de mon genou, mais je lui dis brusquement : « Restez où vous êtes et surveillez le Dr Flaker, ou vous... » Je vais peut-être repartir.

"Aucune crainte de ça !" dit-elle en levant sa main gauche pour me montrer une large bande d'or avec cinq diamants, ornant son majeur.

"Nous nous marierons dès la fin de son année, car il a beaucoup d'argent."

Les pierres de sa bague captaient la lumière du soleil du soir alors qu'elle se tenait sur le quai, agitant son mouchoir vers moi, tandis que le bateau s'éloignait lentement et que je m'allongeais dans un fauteuil à vapeur sur le pont anti-ouragan, prêt à fumer une cigarette et à bavarder avec mon vieil ami, le capitaine.

Je lui souhaitais bonne chance de tout mon cœur, mais j'espérais sincèrement avoir vu le dernier de Mary.

Estimant que la famille était à Interlaken comme d'habitude, j'ai pris le premier train là-bas et j'ai travaillé au soleil depuis la gare jusqu'aux chaumières, en passant par la colline que je n'avais jamais trouvée raide auparavant, pour trouver ma propre maison. déserté, fenêtres et portes fermées, véranda non balayée , hamacs enlevés. Je ne donnerais à aucun voisin la satisfaction de savoir que j'étais surpris et déçu, alors je restai hors de vue jusqu'à ce qu'ils soient tous arrivés à l'hôtel pour le dîner et se dispersent. Ensuite, je suis allé chercher le mien, puis je suis revenu à la plage près de la gare, je me suis allongé sur le sable et j'ai attendu le prochain train.

Il n'y a eu aucun retour en ville jusqu'à tard dans l'après-midi, et la soirée étant nuageuse, il faisait assez sombre au moment où j'ai laissé la voiture électrique au coin de notre rue. Même ce petit bout de marche m'épuisait, et je devais me reposer sur mon bâton toutes les quelques minutes, mais quel soulagement ce fut de voir, brillantes comme toujours, les fenêtres de la Maison aux Sept Pignons.

Je m'appuyai une minute ou deux contre notre balustrade de fer pour me ressaisir avant de paraître, et c'était bien nécessaire que je le fasse, car l'attitude des deux dames sur la véranda me stupéfiait d'étonnement, et leur conversation complètement m'a terrassé. Cette petite femme aux cheveux blonds dans la chaise à bascule basse doit être ma mère, mais cette silhouette royale au bord de la véranda, avec sa tête sur les genoux de ma mère, pourrait-elle être ma femme ? La lumière de la fenêtre de la chambre d'enfant me les montrait distinctement, mais je restais dans l'ombre et écoutais les voix.

"Mon puir agneau ! Tu as grat ça suffit ! Gang awa'tae _ _ ton lit; tu es monsieur abandonné ."

Alors qu'elle caressait les cheveux gris ondulés de sa tête sur son genou, son ton changea.

"Je ne peux pas penser que mon fils vous a causé ce problème."

"Pas un mot contre lui, mère ! C'est le meilleur homme qui ait jamais vécu, et je ne l'ai pas apprécié, c'est tout. Je ne peux jamais penser à lui autrement que comme mon cher, vieux, solide, sur qui je peux compter. Dave Gemmell. Il était l'associé silencieux, impopulaire, ne recevant aucun éloge, payant toutes les factures, me soutenant dans toutes les modes, que son jugement soit approuvé ou non. Il était juste la base carrée sur laquelle je pouvais m'appuyer et danser des gigues sur lesquelles je pouvais m'appuyer. si je le voulais. Maintenant qu'il est mort – ou mort pour moi – je ne peux qu'espérer qu'il soit heureux. Oh ! si seulement je t'avais écouté, maman, je n'avais jamais amené cette fille dans la maison. Ma propre vigne aurait Je n'ai pas gardé."

"Que les by- ganes soient by- ganes - mais j'aimerais plaisanter avoir Davvit par la patte.

"Traîne-toi, maman ! Me voici !" J'ai réussi à crier, puis je me suis accroché au-dessus de cette clôture et j'ai ri jusqu'à ce que mes lunettes tombent dans l'herbe et que mon bâton s'éloigne de moi. Je ne pouvais pas bouger sans, j'ai donc dû attendre que les deux femmes aient eu pitié de moi et me libèrent de mon empalement.

À eux deux, ils m'ont fait entrer dans la maison et sur mon ancien canapé, et ont écouté ce que j'avais à dire.

"Je pensais qu'il devait y avoir une erreur ", dit ma mère, son estime d'elle-même retrouvée, mais, quand je vis avec quelle affection sa main reposait sur la tête baissée de sa belle-fille en pleurs, je ne regrettais pas cette erreur. balle dans mon genou.

"Nous attribuerons tout cela à votre Théosophie, Belle, un recueil de demi-vérités, plus dangereuses que les mensonges, quand vous les poussez trop loin."

"Ne parlons pas de ça maintenant, David. Cela me brise le cœur de te voir si maigre. Tes vêtements pendent sur toi. Oh! si seulement j'avais connu le véritable état de l'affaire et été là pour te soigner. !"

"Mary a été très gentille avec moi, je vous l'assure."

"Je ne veux plus penser à cette fille. Je suis content qu'elle aille bien, mais j'espère ne plus jamais la revoir."

"Oh, oui, elle va bien, et quand elle épousera le Dr Flaker, elle ne voudra plus nous dire ' *pa* pa' et ' *mam* ma', même si elle daignera peut-être nous prendre un peu avec condescendance."

"Je serai ravi le jour où elle drapera le nom de Gemmell!"

Ma femme est toujours théosophe. S'il lui plaît de penser qu'elle a découvert la nature et le mode de l'existence, je n'ai rien à dire. Parfois, je regarde même avec envie son attitude joyeuse à l'approche de la vieillesse, sa conviction que nous avons une autre chance – beaucoup plus de chances – de faire et d'être ce que nous n'avons pas réussi à faire et à être, cette *fois* .

Pour juger d'un arbre par ses fruits, il ne fait évidemment aucun doute qu'Isabel, à cause ou malgré sa Théosophie, a été

LA FABRICATION DE MARIE .

ÉPILOGUE.

L' DEAN traversait la Pest House, attenante au grand hôpital, avec l'air indépendant de la femme qui est sûre que sa jupe dégage le sol. Ses yeux vifs et clairs percevaient d'un seul coup d'œil l'état de chaque patient, le métier de chaque infirmière.

Il y avait eu une épidémie de variole à Chicago, et trois des infirmières de l'hôpital avaient pris la maladie, deux d'entre elles à la légère, une très durement ; mais tous étaient maintenant en convalescence. Les deux étaient rentrés chez leurs amis pour recruter, mais la troisième gisait sur une chaise invalide dans une pièce sombre, comme si le désir de vivre l'avait quittée. L'infirmière Dean est entrée avec un sourire joyeux, s'est enfilée juste devant la porte et a commencé à laver les yeux de la jeune fille avec de l'eau tiède.

"Quand viens-tu m'aider, Mary ? Je suis sûr que la lumière ne te fera pas de mal maintenant. J'ai trop de travail de nuit, les autres infirmières étant parties. J'ai pensé que tu pourrais commencer à me soulager un peu. avec les patients atteints de la variole tout au long de la journée.

"Je ne sais pas si je veux continuer mes affaires", répondit Mary, parfois appelée Mason.

"C'est absurde ! Tu es déprimé en ce moment parce que tu ne vas pas tout à fait mieux, mais attends d'être debout et de parcourir à nouveau les salles. Il n'y a rien de tel qu'un travail de ce genre pour faire oublier à une personne."

Les mains fortes mais douces de l'infirmière Dean ont commencé à frotter avec de l'huile le cou et les épaules du patient.

"J'aurais aimé pouvoir m'oublier moi-même et oublier tout le monde aussi. J'aurais aimé mourir de la variole. Personne ne se soucie de savoir si je vis ou si je meurs."

"Chut ! Mary, tu oublies le Dr Flaker."

" N'est -ce pas seulement à lui que je pense ? Il est venu me voir aujourd'hui pour la première fois. Il déteste la variole et il sentait tellement l'iodoforme qu'il m'a presque rendu malade. Tout ce qu'il avait à dire, c'était que C'était très stupide de ma part de toucher aux vêtements de ces patients, et il avait du mal à croire que j'étais si folle de ne pas me faire vacciner alors que les autres infirmières le faisaient. Comme si ce n'était pas lui qui admirait mes jolis bras. eux maintenant!"

"Ils ne seront pas si mal quand toutes ces balances seront éteintes. Là ! Est-ce que ça ne fait pas mieux ?"

"Ça me semble assez bien, mais tu sais que je serai un spectacle à voir pour le reste de mes jours. J'étais content que la pièce soit sombre, donc Flaker ne pouvait pas bien me voir. Il le saura bientôt . assez – et déteste me voir. Il a toujours été si fier de mon « apparence ».

"Mais je suis sûr qu'il t'aime aussi pour autre chose, Mary."

"Je m'en fiche qu'il le fasse ou non, il doit quand même m'épouser. Je ne le fais pas. je vais encore être abandonnée", et la jeune fille essaya de faire tenir en place une bague en diamant flamboyante à son doigt maigre.

"Tu l'aimes beaucoup ?"

"Je n'en sais rien, pas plus que beaucoup d'autres ; mais je n'aurai plus aucune chance maintenant. Je n'ai pas demandé à naître dans ce monde, et quelqu'un dans ce monde me doit de quoi vivre."

"Regarde ici, Mary!" dit l'infirmière d'un ton soudain énergique qui fit que la jeune fille la regarda avec des yeux surpris. "Tu sais, comme moi, que tu ne peux pas obliger cet homme à t'épouser. Pourquoi ne pas lui rendre sa bague de ton plein gré ?"

"Pourquoi devrais-je le faire ? Tu penses que je ne suis pas amoureux ?"

"Amour ? Vous ne savez pas ce que ce mot signifie, sauf dans son sens le plus bas. Supposons que vous arrêtiez d'aimer les hommes et que vous vous mettiez à aimer les femmes et les enfants ; vous les trouverez beaucoup plus reconnaissants, je peux vous le dire."

Mary ferma les yeux, mais il n'y avait pas de cils pour empêcher les larmes de couler sur son visage marqué.

"Mon cher enfant!" » dit l'infirmière Dean, d'une voix à peine reconnaissable, tellement sympathique, « vous vous battez pour vous-même depuis toujours, et vous n'en avez pas tiré grand profit, n'est-ce pas ?

Les lèvres de la jeune fille formèrent un « Non » inaudible.

" Alors, ne serait-ce pas une bonne idée d'essayer de se battre un peu pour les autres ? "

"Je n'ai personne."

"Vos 'parents' sont tous ceux que vous pouvez aider de quelque manière que ce soit. Qu'avez-vous fait jusqu'à présent pour mériter un pied sur cette terre ? Au lieu de voir tout ce que vous pouvez retirer de tout le monde, retournez-vous et voyez tout ce que vous pouvez faire pour eux. ".

Il y a eu un long silence. Lorsque l'infirmière Dean pensait que son protégé était en train de s'endormir, elle plaça soigneusement un châle sur elle, mais Mary, sans ouvrir les yeux, tira quelque chose de sa main gauche vers sa droite.

"Vous pouvez lui rendre sa bague", dit-elle.

L'infirmière Dean ferma doucement la porte derrière elle, puis s'arrêta un instant pour essuyer une larme impertinente de son œil gris et froid.

"Je ne serais pas du tout surpris si la variole n'était que la création de Marie."

LA FIN.